非琴俄罗斯文学经典译文集

Повести и рассказы

奇人录

[俄]尼·列斯科夫 著

非 琴 译

河北出版传媒集团

河北教育出版社

图书在版编目（CIP）数据

奇人录 / (俄罗斯) 列斯科夫著；非琴译. -- 石家庄：河北教育出版社，2018.8
（非琴俄罗斯文学经典译文集）
ISBN 978-7-5545-3668-1

Ⅰ. ①奇… Ⅱ. ①列… ②非… Ⅲ. ①短篇小说－小说集－俄罗斯－近代 Ⅳ. ①I512.44

中国版本图书馆CIP数据核字(2017)第054399号

书　　名　**奇人录**
作　　者　尼·列斯科夫（俄罗斯）
译　　者　非　琴
策　　划　杨　才　蒋海燕
责任编辑　郝建国　郝建东
封面设计　于　越
版式设计　郝　旭
出版发行　河北出版传媒集团
　　　　　河北教育出版社　http://www.hbep.com
　　　　　（石家庄市联盟路705号，050061）
印　　制　河北新华第一印刷有限责任公司
开　　本　850mm × 1168mm　1/32
印　　张　7.75
字　　数　177千字
版　　次　2018年8月第1版
印　　次　2018年8月第1次印刷
书　　号　ISBN 978-7-5545-3668-1
定　　价　39.00元

目 录

左撇子

（关于土拉的斜眼左撇子和钢跳蚤的故事）

一

亚历山大·巴甫洛维奇皇帝开完维也纳会议[1]以后，想要周游欧洲，看看各个不同国家里的奇妙事物。他遍访各国，由于他待人接物和蔼可亲，不论到哪里总是和各式各样的人物谈得非常投机。所有的人都有些什么让他感到惊奇的东西，都想说服他，把他拉到自己那一边去。可是他身边有个顿河哥萨克普拉托夫[2]，他不喜欢这种拉拢、劝说，而且老是惦记着自己家里的事，一直在设法诱使君王回去。只要普拉托夫一发觉皇上对什么外国东西很感兴趣，而所有随从的人全都默不作声，普拉托夫立刻就说：如此这般，我们自己家里也有并不比这差的东西——想方设法转移皇上的注意力。

英国人知道这一情况，在皇帝到来以前，就想出种种诡计，要用外国的事物来诱惑他，让他不再关心俄国的东西。而在很多情况下他们达到了这个目的，特别是在大型会议上，普拉托夫不能充分用法语讲话的时候。但他对此并不怎么在意，因为他是个有家室的人，认为讲法语是微不足道的小事，还不如空想更有价值。而当英国人请皇上到他们各式各样的军需

---

① 指俄、英等国联军打败拿破仑以后，于1814—1815年在维也纳召开的国际会议。

② 普拉托夫伯爵是顿河哥萨克军长官，曾参加1812—1815年对拿破仑的战争。

仓库、兵工厂和肥皂厂去，以显示他们的一切事物都比我们优越，并以此自吹自擂的时候，普拉托夫暗自说：

“哼，够了，到此为止。直到如今我还一直耐着性子，再这样下去可不成了。我会讲也好，不会讲也罢，反正我决不出卖自己人。”

他刚刚暗自讲了这样的话，皇帝就对他说：

“是这么一回事，明天我和你去参观他们的武器陈列馆。那里，”他说，“有这么一些尽善尽美的东西，你只要看一眼，那就再也不会争论了：我们俄国人凭自己这点知识，无论干什么都不中用。”

普拉托夫对皇帝什么也没回答，只是把他那鹰钩鼻子埋到毛蓬蓬的毡斗篷里，回到自己的住处，吩咐勤务兵给他从旅行食品箱里用军用水壶盛一壶高加索的基兹里亚尔卡[①]伏特加来，一口气喝干一大杯，对着旅途中用的圣像向上帝做了祷告，然后裹上毡斗篷，打起鼾来。鼾声如雷，吵得那所房子里所有的英国人谁也没能入睡。

他想，早上要比晚上聪明些。

二

第二天，皇上和普拉托夫一同驱车去参观陈列馆。皇上再没有带任何别的俄国人，因为提供给他们的马车是一辆双座马车。

他们驱车来到一幢大得出奇的大厦前面——入口处之华丽，简直无法

---

① 基兹里亚尔卡是城市名，该地用葡萄酿制的伏特加叫基兹里亚尔卡。

形容，走廊无穷无尽，房间一间套着一间。最后，在最主要的中央大厅里，吊着各式各样的巨型枝形吊灯，中间华盖底下，耸立着一尊罗马古雕塑博物馆里的太阳神阿波罗像。

皇帝回头看看普拉托夫，看他是不是十分惊讶，看看他在看什么。可他却只顾走路，两眼向下，好像什么也没看见，只是一圈一圈地在拧自己的胡子。

英国人立刻开始炫耀种种令人惊叹的事物，并且说明，他们的哪种东西是为了适应哪种战争环境的——海军用的晴雨计，步兵团用的驼毛大衣，供骑兵用的浸过树脂的雨披。皇上对这一切都很欣赏，觉得这一切都好极了，而普拉托夫仍然神态傲然，表示这一切对他来说都毫无意义。

皇帝说：

“这怎么可能呢——为什么你这样无动于衷？难道你对这儿无论什么东西都不觉得惊奇吗？”

普拉托夫却回答说：

“这儿只有一样让我觉得惊奇，那就是我的顿河好汉们没有这一切东西，照样打仗，而且赶跑了操十二种语言[①]的人。”

皇帝说：

“这是狂妄。”

普拉托夫回答说：

“我不知道这该算什么，不过我不敢争辩，应该沉默不语。”

英国人看到皇帝和他的随从这样谈话，立刻领他到阿波罗神像前，从

① 意思是赶跑了十二个民族，指拿破仑入侵俄国的联军。

塑像的一只手里拿过一支莫尔吉麦罗夫长枪[①]，从另一只手里拿过一支手枪。

“看，”他们说，“我们的产品多么高超。”说着把枪递了过去。

皇帝神态安详地看了看莫尔吉麦罗夫长枪，因为在他的皇村里也有这种枪，随后他们又把手枪递给他，并且说：

“这支手枪，其工艺无人知晓，无与伦比，它是我们的海军上将在卡拉布里亚[②]从一个强盗头儿的腰带上拔下来的。”

皇帝看着手枪，怎么也看不够。

他高声赞叹：

“哎呀，哎呀，哎呀，”他说，“怎么这么好……怎么能做得这么精致！”于是转身用俄语对普拉托夫说：“如果在我们俄国，我哪怕有一个这样的工匠，我准会因他感到十分幸福，并引以为骄傲，我会立刻把那个工匠封为贵族。”

普拉托夫听了这番话，立刻把右手伸到肥大的灯笼裤里，从那里掏出一把枪上用的螺丝刀来。英国人说：“这个拆不得。”他却毫不理会，这就动手去卸枪机。他转了一下，两下——枪机给拆下来了。普拉托夫把扳机拿给皇帝看，就在扳机打弯的地方，有一行俄文题词：“伊万·莫斯克文于土拉。”

英国人大吃一惊，一个推着一个，说：

“哎哟，我们失算了！”

皇帝却郁郁不乐地对普拉托夫说：

---

① 英国工匠莫尔吉麦罗夫制造的枪。

② 意大利西南部的一个半岛。

“你为什么要把他们弄得这么尴尬呢，现在我怪可怜他们的。咱们走吧。”

于是他们又坐上那辆双人马车走了。这天皇帝去参加舞会，普拉托夫又喝了更大一杯基兹里亚尔卡，像个哥萨克那样，睡得十分香甜。

他觉得高兴，因为他让英国人感到十分尴尬，而且让土拉的工匠露了脸，不过他又觉得烦恼：皇上干吗要在这种情况下可怜英国人呢！

“皇上为什么要感到不快呢？”普拉托夫想：“我真一点儿也不明白！”这么寻思着，他两次起身，画十字，喝酒，直到强烈的睡意迫使他进入梦乡。

这时候英国人也没有安睡，因为他们都忙得团团乱转。趁皇帝在舞会上寻欢作乐的时候，他们暗中为皇帝安排了这样惊人的新鲜事儿，就连普拉托夫的想象力也将无可奈何了。

三

第二天，普拉托夫刚到皇帝跟前去问早安，皇帝就对他说：

“吩咐立刻套上双人马车，我们这就去参观新的陈列馆。”

普拉托夫甚至敢于斗胆启奏，外国的东西是不是已经看得够了，是不是该准备回去了呢，最好还是回到俄罗斯去吧，可是皇帝说：

“不，我还想看看别的新鲜玩意儿。他们曾经对我夸耀，他们是怎样生产头等砂糖的。”

于是他们去了。

英国人把一切都指点给皇帝看——他们有哪些不同品种的头等产品。普拉托夫看着，看着，突然问：

“能让我们看看你们工厂里生产的莫尔沃[1]糖吗？”

英国人却不知道莫尔沃是什么。他们彼此窃窃低语，互相使个眼色，一个对一个一再重复着：“莫尔沃，莫尔沃，”大家都搞不清，我们的这种糖是什么玩意儿。必须承认，他们什么糖都有，可就是没有“莫尔沃”。

普拉托夫说：

“哼，那就没有什么好夸口的。请你们到我们那儿来，我们要请你们喝茶，茶里放包布林厂生产的真正莫尔沃。”

皇帝拉拉他的袖子，轻声说：

“请不要破坏我的政治。”

于是英国人请皇帝去看最后一座陈列馆，那儿有他们从全世界搜集来的各种矿石和纤毛虫，从最大的埃及金字塔，直到皮下的跳蚤，这种跳蚤眼睛是看不见的，却能在皮肤与肌肉之间叮人。

皇帝到那儿去了。他们参观了金字塔和形形色色的标本，然后走了出去。普拉托夫心里想：

“噢，谢天谢地，一切顺利——皇上对什么也不觉得惊奇。”

他们走进最后一间房间，那里站着几个英国工人，穿着暖和的坎肩，围着围裙，手里拿着一个上面什么东西也没有的空托盘。皇帝突然大为惊奇，他们怎么献给他一个空托盘呢。

“这是什么意思？”他问。英国工匠们回答：

---

① 莫尔沃源出于彼得堡糖厂的创办人冯·莫尔沃。

“这是我们敬献给陛下的礼品。”

“这到底是什么东西?”

“请看，”他们说，“您看见一粒微尘吗?”

皇帝一看：不错，银托盘上果然有一粒细微的灰尘。

工人们说：

“请您用唾沫沾湿手指头，把它粘起来，放到手掌心里。”

“我要这粒灰尘干什么呢?”

“这个，”他们回答，“不是灰尘，而是一只纤毛虫。”

“活的吗?”

“绝对不是，”他们回答，“不是活的。而是我们照跳蚤的样子用纯粹的英国纯钢铸造出来的，中间装着发条和弹簧。请您拿小钥匙把它拧紧，它立刻就会跳起舞来。”

皇帝觉得很有趣，好奇地问：

“小钥匙在哪儿呢?”

英国人说：

“钥匙就在这儿，就在您眼前。”

“为什么，”皇帝说，“我看不见呢?”

“因为，”他们回答，“这得用显微镜看。”

于是呈上了显微镜。皇帝看到，跳蚤旁边果然有一把小钥匙放在托盘上。

“请您，”他们说，“把它放到手掌心里——它的小肚子上有个上发条的小孔，用钥匙转7下，它就会跳舞了。”

皇帝好不容易才抓起这把小钥匙，撮起手指勉强捏着它，再撮起另外两只手指，把跳蚤夹起来。刚把小钥匙插进去，立刻就感觉到跳蚤的触须动起来了，随后一条条小腿也一一徐徐活动起来，最后它突然向上一跳—— 一个舞步。再换个花样，向旁边跳两步，然后又跳到另一边去，就这样变换了三个花样，就跳完了卡德里尔舞[①]。

皇帝立刻吩咐赏给英国人一百万，随便他们要什么钱币——要五戈比的银币，还是小额纸币，随便要什么都可以。

英国人请求拨给他们银币，因为他们不知道纸币有什么用处。随后，他们立刻又要了一个花招儿：跳蚤作为礼品赠送给人家了，而装跳蚤的盒子却没有拿来。没有盒子，无论是跳蚤，还是小钥匙，都无法保存，因为它们会混在垃圾里被人丢掉的。他们装跳蚤的盒子是个用整块金刚石做成的核桃——中间压出很小一点儿地方来放跳蚤。这个盒子他们没有给，因为，据说盒子似乎是国家的，而在他们这儿，对于国家的东西严格得很，哪怕是皇帝，也不能白送。

普拉托夫很气愤，因为他说：

“为什么要这样进行讹诈！礼品赠送了，为此得到了一百万，可是还嫌不够！盒子，”他说，“总是属于它装着的东西的。”

然而皇帝说：

“算了，请别说了，这不是你的事——你别破坏我的政治。他们有他们的习惯。”于是问：“装跳蚤的那个核桃值多少钱？”

英国人认为还要五千。

亚历山大·巴甫洛维奇皇帝说：“照付。”他亲自把跳蚤放进这个小核桃里，小钥匙也和它一道放了进去。为了不至于把核桃丢掉，他把核桃放

---

① 卡德里尔舞是四人组成两对的一种民间舞蹈。

进自己的金烟盒里，又吩咐把烟盒放在他那个全部镶嵌着螺钿和鱼骨的旅行锦匣里。皇帝很客气地让英国工匠们回去，并且对他们说："你们是全世界最出色的工匠，我们的人可做不出任何比你们这个跳蚤更好的东西。"

那些人对这番话十分得意，普拉托夫却不能说任何话来反对皇帝的这番议论。他只是拿起显微镜，一声不响，把它装进了自己的衣袋里，因为"它就应该"，他说，"放在这儿，就是这样，你们从我们这儿弄去的钱也够多的了。"

直到回到俄国，皇帝都不知道这回事。他们很快就回去了，因为皇帝由于战争事务变得心情忧郁，闷闷不乐，他想在塔干罗格向费道特神父[①]做一次精神上的忏悔。一路上他和普拉托夫很少进行愉快的谈话，因为他们的想法完全不同。皇帝认为，英国人在技艺方面举世无双。普拉托夫却断言，我们的人只要看一眼，就什么都会做，只不过他们缺少有用的学识而已。他还向皇帝介绍说，英国工匠们的生活方式、科学规则、饮食习惯，一切都和我们完全不同，他们每个人各自有完全独立做主的环境，因此他们对事物的看法也完全不同。

这些话皇帝不想多听，于是每到一站普拉托夫都下车来。由于心情沮丧，就用喝喀瓦斯的杯子喝上一杯伏特加，吃一点儿咸面包下酒，用他的烟斗抽劣质烟草。这个烟斗一次就能装下整整1磅[②]茹科夫烟丝，然后坐

---

① "费道特神父"并不是凭空虚构的。亚历山大·巴甫洛维奇皇帝在塔于罗格去世之前曾向阿历克赛·费道托夫——契诃夫斯基神父忏悔，此人后来被人称为"皇帝陛下的忏悔神父"，而且很爱在人前炫耀这件纯属偶然的事情。显然，这个费道托夫——契诃夫斯基就是传说中的"费道特神父"。(原注)

② 俄磅，约409.51克。

上马车，一声不响地坐在沙皇身边。皇帝望着一边，普拉托夫从另一边的车窗里伸出长烟斗，迎风吞云吐雾。他们就这样回到了彼得堡，而到费道特神父那儿，皇帝就根本不带普拉托夫去了。

“你，”他说，“对于宗教，说话太不谨慎，而且烟抽得太多，我的脑袋里都叫你的烟熏得积起烟炱来了。”

普拉托夫满腹委屈地留下了。他心情烦闷，躺在家里的卧榻上，就这样一直躺着，不住地抽他的茹科夫烟丝。

四

当亚历山大·巴甫洛维奇在塔干罗格逝世的时候，那个令人惊异的英国蓝钢制的跳蚤还放在他那镶鱼骨的锦匣里，他把它交给了费道特神父。为的是让他在以后，当皇后心情平静下来，再把它转交给她。叶丽扎维塔·阿历克赛叶芙娜皇后看过跳蚤的舞蹈，笑了起来，不过没有心思玩它。

“现在，”她说，“我在守寡，任何娱乐都不能诱惑我。”回到彼得堡以后，她把这件稀奇的玩意儿和所有其他珍宝都作为遗产转交给了新即位的皇帝。

尼古拉·巴甫洛维奇皇帝起初对这个跳蚤毫不注意，因为在他登基的时候曾经发生叛乱。不过后来有一次他仔细检查从他哥哥那儿继承来的锦匣，从里面拿出一个烟盒来，从烟盒里又取出一个钻石核桃，在那里面发现了一个钢跳蚤。跳蚤已经很久没有上过发条了，所以不会跳舞，而是安详地躺着，好像僵了一样。

皇帝看了看，觉得十分奇怪。

“这又是个什么微不足道的小玩意儿，为什么我哥哥要这样精心保存着它呢！”

宫廷内侍们想要丢掉它，然而皇帝说：

“不，这总有什么道理的。”

从安尼奇金桥那边对面的药房里召来了一个化学家，他会用最小的天平称出毒药的分量。把跳蚤拿给他看，他立刻接过去，放在舌头上尝了尝，说：“我感觉到冷冰冰的，仿佛是硬质金属。”然后又用牙齿轻轻地咬一咬，于是宣布：

“不管您如何认为，这不是一只真跳蚤，而是一只纤毛虫，它是用金属做的，而且这也不是我们俄国的产品。”

皇帝吩咐，立刻查明这是打哪儿来的，这个东西有什么意义。人们急忙去查阅卷宗、表册，但卷宗里什么也没有记载。于是问问这个，再向那个打听打听——无论谁全都一无所知。不过，幸而顿河哥萨克普拉托夫还活着，甚至还一直烦闷地躺在家里的卧榻上抽他的烟斗。他一听到宫廷里闹得大家不得安宁，立刻从卧榻上起来，扔掉烟斗，佩戴着所有的勋章，来见皇上。皇帝说：

“勇敢的老人家，你对我有什么要求呢？”

普拉托夫回答说：

“陛下，我自己什么也不需要，因为我想吃什么就吃什么，想喝什么就喝什么，对一切都很满意。我是，”他说，“我是来报告关于您找到的这个纤毛虫的事。这是，”他说，“是这么一回事，是我在英国亲眼看到的，就在它那儿有一把小钥匙，我这儿有他们的一架显微镜，在显微镜下就可以看到它。用这把小钥匙插在纤毛虫的肚子上，就能上紧发条，那么它就会在随便多大的空间里跳舞，向四面八方跳出不同的舞步。”

于是上紧发条，它就跳起来了。普拉托夫说：

“陛下，”他说，“这个玩意儿实在是非常精巧，很有意思。只是我们不应仅仅怀着喜悦的心情对此惊叹不已，而应该把它拿到土拉[①]或谢斯捷尔别克（那时候谢斯特罗烈茨克[②]还叫作谢斯捷尔别克）让我们俄国人仔细瞧瞧，看我们的工匠能不能胜过它，免得让英国人凌驾于俄国人之上。”

尼古拉·巴甫洛维奇皇帝对自己的俄国人民十分信任，而且不喜欢显得不如外国人，于是回答普拉托夫说：

“勇敢的老人家，你这些话说得很好，这件事我就完全托付给你了。我要操心的事很多，这个小锦匣反正我现在也用不着，你把它拿去吧。不要再在卧榻上烦恼地躺着了，你到静静的顿河去跑一趟，去跟我的顿河子弟们好好地谈一谈，谈谈他们的生活情况和他们的忠心，问问他们喜欢什么。当你路过土拉的时候，请把这个纤毛虫拿给我土拉的工匠们看看，让他们好好琢磨琢磨。你以我的名义对他们说，我的哥哥对这件东西十分惊奇，对做这个纤毛虫的外国人大加称赞，说他们比谁都强，我却相信自己人，认为他们并不比任何人差。他们一定不会让我白说这些话，准会搞出点什么名堂来的。”

---

① 土拉自16世纪末叶起为俄国的金属加工工业中心，生产兵器、日用品等。

② 谢斯特罗烈茨克在滨芬兰湾，也是金属加工工业中心。

五

普拉托夫拿了钢跳蚤，动身去顿河，刚一路过土拉，就把它拿给土拉的军械工匠们看，向他们转达了皇帝的话，然后问：

“现在咱们该怎么办呢，正教徒们?”

军械工们回答：

“老爷子，我们十分理解皇上仁慈的话语，永远不会忘记他对自己人的信任。不过对目前这件事该怎么办，我们一下子可说不上来。因为英吉利民族也并不愚蠢，甚至是相当狡猾的，他们的技艺具有深刻的含义。”要胜过他们，他们说，“得经过深思熟虑，而且要得到上帝的祝福。要是阁下您也像我们的皇上那样，信得过我们，那么你只管回静静的顿河去，把这个小跳蚤留给我们，就像现在这样，用盒子装着，放在皇上的金烟盒里。请你在顿河一带散散心，治好为祖国操劳留下的伤痕，等你回转来经过土拉的时候，请你停一停，派人来找我们。到那时候，上帝保佑，我们会想出个主意来的。”

普拉托夫对这样的回答并不十分满意，因为土拉人要求给予这么长的期限，而且也不讲清楚他们到底想要搞什么。他向他们东问西问，想尽种种办法，旁敲侧击，像顿河人那样变着法儿地盘问。可是论要花招儿，土拉人也并不亚于他，因为他们立刻就有了一个想法，不过他们甚至不能指望普拉托夫会相信他们的打算，而希望把自己大胆的想象直接付诸实践，到那时候再拿给他。

他们说：

“连我们自己也还不知道能搞出什么来，只不过把希望寄托在上帝身上，也许皇上为我们说的话不至于被人当作笑柄。”

普拉托夫就这样跟他们斗智，土拉人也这样闪烁其词。

普拉托夫跟他们磨来磨去，看到磨不过这些土拉人，于是把装着纤毛虫的烟盒交给他们，说：

“算了，毫无办法，就这样吧。”他说，“就照你们所说的，我知道你们是什么样的人，嗯，然而，毫无办法——我相信你们，只不过你们要当心，钻石可不要偷偷地换掉，英国人精巧的活儿可不要给弄坏了。而且不能搞得太久，因为我赶路快得很，要不了两个星期，我就要又从静静的顿河回彼得堡去——到那时候我一定要有什么东西带给皇上的。”

军械工匠们让他完全放心：

“精巧的活儿，”他们说，“我们决不会弄坏，钻石也不会换掉，两个星期的时间对我们也足够了，到你回来，一定会有什么东西让你呈献给皇帝陛下的。”

究竟是什么东西，他们到底还是没有说出来。

六

普拉托夫从土拉坐车走了，而三个军械工匠，他们当中手艺最好的三个人——其中一个是斜眼左撇子，腮帮子上有一块胎痣，鬓角上的头发在做学徒的时候就被揪掉了——辞别了同事和家里的人，什么话也没有对人讲，就拿起背包，里面放了点儿吃的东西，离开了城里。人们只看到，他们不是往去莫斯科的城门那边走，而是往相反的方向，往去基辅的方向走去，以为他们是到基辅去朝拜已经长眠的圣徒，或者是去请教那里某个还活着的圣徒，因为基辅的圣徒总是很多的。

但这只是近于事实，而并不是真实情况。无论是时间，还是距离，都不允许土拉的工匠们在三个星期里步行去一趟基辅，以后还能来得及做一件让英吉利民族丢脸的东西。最好他们还是到莫斯科去祈祷，到那里总共只有“二九一百八十俄里①”，而那里也有不少长眠于地下的圣徒。可是去另一个方向，到奥廖尔也是“二九一百八”，从奥廖尔到基辅，还有整整五百俄里。这么远的路程，短时间内可走不到。就是走到了，也不会很快就休息过来——到了很久还会两腿僵硬、双手发抖。

还有些人甚至寻思，工匠们在普拉托夫面前大话说过了头，后来好好考虑了一下，胆怯起来，所以现在带着沙皇的金烟盒、钻石和给他们招来许多麻烦的装在盒子里的英国钢跳蚤逃跑了。

然而这样的推测也是毫无根据的，而且对于全民族的希望现在都寄托在他们身上的手艺高超的人们来说，这样妄加猜测也是很不应该的。

七

土拉人都是些聪明人，是金属加工工艺的行家，又以十分精通宗教事

---

① 1俄里等于1.06公里。

务著称。在这方面他们不仅誉满故土，甚至闻名于圣亚陀斯山[①]。他们不单擅长在唱圣诗时唱出种种花腔，而且懂得《晚祷的钟声》这幅画的画法。如果他们当中有人献身圣战，出家修行，那么这些人准会被公认为修道院里最好的管家，成为最能干的化缘师父。在圣亚陀斯山，人们都知道，土拉人是最有用的人，要不是他们的话，俄罗斯一些愚昧落后的偏僻角落里就不会见到遥远东方的许许多多神圣事物了，亚陀斯山就会丧失俄罗斯虔诚的信徒们许多有益的慷慨捐献了。现在“亚陀斯山的土拉人”把神圣的事物带到我们全国各地，甚至在那些没有什么东西可以捐献的地方巧妙地为教会募集捐款。土拉人笃信宗教，无比虔诚，而且心口如一，是宗教界伟大的实践家。因此那三个担负起支持普拉托夫，同时也就是支持整个俄罗斯的重任的工匠，不是去莫斯科，而是往南去，他们并没有做错。他们根本不是到基辅去，而是去姆岑斯克，到奥尔洛夫省的一个县城里去。那里有个古老的“石刻”圣尼古拉圣像，是远古时候驮在一个很大的石头十字架上顺着祖什河漂流到这儿来的。这个圣像的形象“严厉而且十分可怕”——圣像上这位利吉亚[②]的圣徒被描绘成“一人高”，身穿金碧辉煌的衣服，脸色发暗，一只手里托着一座教堂，另一只手里是一把宝剑——“以战取胜”。圣像的意义正是包含在这个“以战取胜”里：圣尼古拉本来就是商业和战争的保护神，特别是“姆岑斯克的尼古拉”，更加受人崇敬。那几个土拉人就正是去朝拜他的。他们先在圣像前做了祈祷，然后又在石头十字架前做了祷告，最后在“夜间”回家，没有对任何人说任何话，就在绝对

① 亚陀斯山位于希腊亚陀斯半岛南部。

② 利吉亚是古代小亚细亚的一个国家。

保密的情况下动手干起活儿来。他们三个人聚集在左撇子家一间小房子里，锁上房门，关上护窗板，在尼古拉神像前点上神灯，于是动手干起来了。

一天，两天，三天，他们一直坐在屋里，哪儿也不去，一直在用小锤子叮叮当当地敲打。他们在铸造什么东西，可究竟是什么——一点儿也搞不清楚。大家都很好奇，可是无论是谁，什么也打听不出来。因为干活的人什么也不说，而且也不在外边露面。各式各样的人去到小房子那儿，用各种借口敲门，说是要借个火或者讨点儿盐，但是不论有什么请求，这三个能手都不开门，就连他们吃什么，也搞不清楚。有人想试试看，吓唬吓唬他们，谎称隔壁的房子着火了——他们是不是会惊慌失措地跳出来，因而会发现他们在铸造什么呢？然而什么也不能打动这些狡猾的工匠们的心。只有一次，左撇子齐肩膀探出身来，嚷道：

“让它烧去好了，我们没有空儿。”于是又把他那被揪掉了头发的脑袋缩回去，藏起来，砰的一声关上护窗板，干起自己的活儿来。

只是通过一些细小的缝隙看到，屋子里灯光闪烁，还能听到精巧的小铁锤在铁砧上叮叮当当地敲打，发出阵阵清脆的响声。

总而言之，全部工作都是在那样极端保密的情况下进行的，什么也别想打听出来，而且这种情况一直延续到哥萨克普拉托夫从静静的顿河回去见皇上的时候。在这段时间里，工匠们跟谁也不见面，跟谁也不讲话。

八

普拉托夫赶路十分匆忙，而且派头十足——他自己坐在四轮马车上，车夫两边各有一个手持马鞭的哥萨克传令兵坐在车夫座上，毫不留情地向车夫吆喝着，催促他赶着马车疾驰。如果有哪个哥萨克打瞌睡，普拉托夫就自己从车上踹他一脚，于是马车跑得更快了。这种催促方法是那么有效，以致在任何一个驿站前都勒不住马，总是越过停车处百十步远。于是哥萨克又命令车夫掉转马车，回到驿站的大门口去。

他们就这样风驰电掣地来到了土拉——起初又跑过了头，越过莫斯科的城门又跑了一百步远。后来哥萨克在车夫头上挥动皮鞭，叫他把车赶回去，在台阶前换上新马。普拉托夫没有下车，只是吩咐传令兵尽快去带那几个他把跳蚤留给他们的工匠前来见他。一个传令兵跑步走了为的是让工匠们尽快赶来，把那件理应使英国人丢脸的东西拿来给他。这个传令兵才跑出去没有多远，普拉托夫就又接二连三地派人追上去，催他们尽可能快一点儿。

所有传令兵都被他打发走了，他已经开始从看热闹的人群中派普通老百姓前去催促了。由于性急，连他本人也从马车上迈出双脚，急得他真想自己跑去，急得他把牙齿咬得咯吱咯吱地响——还没有人很快露面。在那时候就是这样，一切都要求十分准确、迅速，为了俄罗斯的利益，连一分钟也不能浪费。

九

这时候，那些制造惊人事物的土拉工匠们刚好结束他们的工作。传令兵们气喘吁吁地跑到了他们那儿，而那些从看热闹的人群中派来的普通老百姓根本就没有跑到，因为他们后来害怕了，怕再见到普拉托夫，于是跑回家去，找个地方躲了起来。

传令兵们刚一跑到，立刻大声叫喊，看到他们不开门，立刻毫不客气地动手猛拉护窗板上的铁闩。但铁闩那么结实，一点儿也拉不动它，又去拉门，而门是从里面用橡木门闩插着的。于是传令兵们从街上搬来了木头，照救火的方式，用木头顶着房檐去掀屋顶，一下子就把整个屋顶从小房子上掀了下来。房顶是掀下来了，可是他们自己也立刻倒下去了。因为工匠们在那间狭窄的小屋里不歇气地干活，弄得汗臭扑鼻，空气污浊不堪，以致没有闻惯这种气味的人连一口气也喘不过来。

差官们高声叫嚷：

“你们这些没出息的混蛋，搞什么名堂，竟敢弄得这么臭气熏天！你们这么搞，莫非连上帝也不要了！”

那些工匠们回答：

“我们这就钉上最后一颗小钉子，只要一钉好，立刻就把我们做的活儿拿给你们。”

差官们说：

“到那时候他准把我们活活吃掉了，连魂儿都不剩，可用不着再办丧事了。”

但工匠们回答：

“他来不及吃掉你们的，因为就在你们讲话的这个工夫里，我们已经把这最后一颗钉子钉上了。你们跑回去告诉他吧，说我们这就送来。”

传令兵们跑了，不过并不怎么相信。心里寻思，工匠们是在糊弄他们。因此一面跑，一面回头张望。但工匠们已经在他们后面走来了，他们是那么匆忙，急急赶来，甚至没顾得上见大人物好好地穿上衣服，所以一边走，一边扣好长衫上的小钩子。他们当中有两个人手里没拿任何东西，在第三个——左撇子的手里，拿着一个绿套子，里面装着皇帝的小锦匣和那个英国钢跳蚤。

十

传令兵们跑到普拉托夫跟前，说：

“瞧，他们自己来了！”

普拉托夫立刻对工匠们说：

“做好了吗？”

“全都，”他们回答，“做好了。”

“拿来。”

于是交给了他。

这时马车已经套好，车夫和前导马的驭手已经坐在自己的座位上。哥萨克们立刻坐到车夫两侧，扬起皮鞭，在他头顶上挥动一下，就这样高高举着。

普拉托夫扯掉绿套子，打开锦匣，从垫着的棉花里取出金烟盒，再从烟盒里拿出那个金刚石核桃，看到英国跳蚤还照样躺在那儿，除此以外，什么也没有。

普拉托夫说：

“这是怎么回事？你们要为皇帝分忧解愁的东西在哪儿呢？”

军械工匠们回答：

“我们做的东西就在这儿。”

普拉托夫问：

“它到底是什么呢？”

军械工匠们回答：

“这干吗还要解释呢？一切都明摆在这儿，就在您的眼前——请您先看看吧。”

普拉托夫耸耸肩膀，高声大嚷：

“跳蚤身上的钥匙呢？”

“就在这儿，”他们回答，“跳蚤在哪儿，钥匙就在哪儿，都在那同一个核桃里。”

普拉托夫想要把钥匙拿起来，但他的手指是残缺不全的——他抓来抓去，怎么也抓不住。无论是跳蚤，还是插在它肚子上上发条的小孔里的钥匙，都拿不起来。他突然大发雷霆，用哥萨克说话的方式大骂起来。

他大声嚷道：

“下贱胚，你们怎么什么也没有做，看来反而把整个东西都弄坏了！我要揪掉你们的脑袋！”

那几个土拉人回答他说：

“您用不着这样侮辱我们——您对于我们好比是皇上的使者，天大的委屈，我们也应该忍受着。只不过由于您怀疑我们，以为我们连皇上都要欺骗，所以我们现在不把我们这件活儿的秘密告诉您，而请您带给皇上——他将会看到，我们，他的臣民是什么样的人，他是不是会因为我们而丢脸。”

普拉托夫嚷道：

“哼，你们撒谎，下贱东西，我不会就这样离开你们的，得让你们当中的某个人跟我一同到彼得堡去，到那儿我再盘问他，你们到底要的是什么花招儿。”

这么说着，他伸出一只手来，用他那残缺不全的手指一把抓住斜眼左撇子的衣领，以致后者的哥萨克上衣上的小钩子都从衣服上飞了下来。普拉托夫把他丢到马车上自己的脚下。

“坐在这儿，”他说，“一直到彼得堡，都要像个小狗似的坐在这儿——你要代他们对我负责。而你们，”他对传令兵们说，“现在动身吧！可别打哈欠，我后天就要到彼得堡去见皇上。”

工匠们只敢为他们的同事辩护说，您怎么能这样，不让他带上身份证，就把他从我们这儿带走？这样他就没有办法回来了！普拉托夫给他们的回答是举起拳头——那么可怕，整个血红的拳头上布满了勉强愈合的伤疤——用拳头吓唬吓唬他们，说：“这就是给你们的身份证！”然后对哥萨克们说：

“走吧，孩子们！”

哥萨克们，车夫们和马匹——立刻一起行动起来，带着没有身份证的左撇子疾驰而去。过了一天，正像普拉托夫所吩咐的，就这样把他飞也似的送到了皇宫。马跑得太起劲了，勒都勒不住，所以从皇宫的柱廊旁边跑了过去。

普拉托夫站起来，别好勋章，进宫去见皇上。而那个斜眼左撇子，他吩咐哥萨克传令兵就在皇宫门口看守着他。

十一

普拉托夫害怕面见皇帝，因为尼古拉·巴甫洛维奇是个非常出色的人，记性很好——什么也不会忘记。普拉托夫知道，他一定要向他问起那只跳蚤的事。而他，虽然从不惧怕世界上的任何敌人，这时却胆怯起来——他拿着锦匣走进皇宫，悄悄地把它放在大厅里的炉子后面。普拉托夫藏好了锦匣，就到办公室里去见皇帝，赶快汇报他在静静的顿河和哥萨克们谈了些什么。他是这么想的：让这些事情吸引皇帝的注意力，那么，要是皇帝自己想起来，问起跳蚤的事，就得把跳蚤拿出来，回禀他。要是皇帝想不起来，不提跳蚤的事，他也就避而不谈。那个锦匣，吩咐办公室里的侍从给藏起来，至于土拉的那个左撇子，则把他无限期关在要塞的营房里，一直到有朝一日需要他的时候。

但尼古拉·巴甫洛维奇皇帝什么也没忘记，普拉托夫刚一讲完和哥萨克们谈话的事，皇帝立刻就问他：

"怎么样，我的土拉工匠们是怎样证明他们不负朕望，怎样设法胜过英国人的纤毛虫的？"

普拉托夫照他所认为的那样回答。

"那个纤毛虫，"他说，"陛下，一直还放在那儿，我已经把它带回来了，而土拉的工匠们却不会做任何更加惊人的东西。"

皇帝回答：

"你是个很勇敢的老人，不过，你现在向我报告的事，却是不可能的。"

普拉托夫竭力设法让他相信，并且把事情的经过原原本本地讲给他听，当他讲到土拉人请求他把跳蚤送给皇帝看一看的时候，尼古拉·巴甫洛维奇拍拍他的肩膀，说：

“快拿来。我知道，我的臣民不会骗我。这儿一定有什么超出一般理解力以外的东西。”

十二

从炉子后面拿来了锦匣，从上面取下罩子，打开金烟盒和金刚石核桃，跳蚤还像从前一样躺在里面。

皇帝看了看，说：

“真大胆！”但他对俄罗斯工匠的信任并未减弱，他吩咐把自己心爱的女儿亚历山德拉·尼古拉叶芙娜叫来，对她说：

“你的手指又细又小，你拿起这把小钥匙，赶快把这个纤毛虫肚子里的发条给上紧。”

公主动手转动钥匙，跳蚤的触须立刻活动起来，而脚却一动不动。亚历山德拉·尼古拉叶芙娜把全部发条都上紧了，而纤毛虫却不像从前那样，仍然是既不跳舞，更不会变换任何舞蹈的花样。

普拉托夫的脸发青了，高声大嚷：

“啊，他们这些狗骗子！现在我懂了，为什么他们在那儿什么也不想对我说。幸好我把他们当中的一个傻瓜抓来了。”

这么说着，他跑到宫门，一把抓住左撇子的头发，揪过来，揪过去，揪得他的头发纷纷飘落下来。当普拉托夫住手不再打他的时候，他才定了定神，说：

“本来我的头发在当学徒的时候就差不多全被揪掉了，不知道现在为了什么又要再被揪一遍?”

“这是为了，”普拉托夫说，“我信任你们，为你们担保，可你们却把一件稀有的东西给弄坏了。”

左撇子回答：

“你为我们担保，这我非常满意。至于说弄坏，我们可什么东西也没有弄坏——请你们放在最好的显微镜下面瞧。”

普拉托夫跑回去讲关于显微镜的事，而对左撇子却只是威吓说：“我还要，”他说，“给你点儿厉害瞧瞧，你这个没出息的东西!”

于是吩咐传令兵把左撇子的胳膊肘更加用力地扭到背后去，他自己顺着台阶往上走，一面气喘吁吁地祷告着：“仁慈的圣父，至圣至洁的、仁慈的圣母”，并且按照祈祷文接着背下去。那些侍立在台阶上的廷臣全都扭过脸去，背对着他，心想：这一下子普拉托夫可完了，马上就要把他从皇宫里赶出去了——虽然他为人勇敢，可他们都受不了他。

十 三

普拉托夫刚把左撇子的话禀告给皇帝，皇帝立刻高兴地说：

“我知道，我的俄罗斯人决不会欺骗我。”并且命令把显微镜放在软垫上呈上来。

显微镜立刻呈上来了，皇帝拿起跳蚤，把它放在物镜底下，先是背脊朝上，然后是侧面，后来又看肚子——总而言之一句话，翻来覆去，四面八方都看过了，可是什么也没看见。但皇帝这时也没有失去信心，只是说：

“马上去把下边那个军械工带到我这儿来。”

普拉托夫回禀说：

“需要给他穿件像样的衣服——他是穿着原来的衣服给带来的，现在那副样子很不好看。”

皇帝却回答说：

“没关系——他是个什么样，把他原样带进来就是。”

普拉托夫说：“喂，现在你自己去吧，没出息的东西，你自己当着皇帝的面回答他去。”

左撇子却说：

“那又怎么了，我这就去，自己回答去。”

他就穿着他那身衣服走了——浑身上下破破烂烂，一只裤腿塞在靴筒里，另一只晃来晃去，大褂很旧很旧，衣服上的小钩子也没有扣，都丢掉了，领子也给撕破了。不过没关系，他并不觉得不好意思。“那又有什么呢？”他想。“既然皇上乐意见我，我就应该去。如果说我没带身份证，那不是由于我的缘故。我就去说清楚，这是由于什么原因。”

左撇子刚刚进来，行过了礼，皇帝立刻说：

“老弟，这是怎么回事？我们这么看，那么看，而且也放到了显微镜底下，可是什么美妙的东西也没发现。”

左撇子却回答说：

“陛下，请问您是怎么看的?”

达官贵人们向他点头示意——那意思是说，不要这样讲话！而他却不懂得在宫廷里讲话要用什么方式，是讨好奉承呢，还是圆头滑脑，他只是随随便便地说话。

皇帝说：

“别要求他讲得多漂亮啦——他想怎么讲，就让他怎么回答好了。”

并且立刻对他解释说：

“我们，”他说，“看，是这么放的。”于是把跳蚤放到显微镜下面，“你自己瞧，”他说，“什么也看不见。”

左撇子回答：

“这么着，陛下，是什么也不能看到的，因为我们的活儿比这个尺寸还要小得多。”

皇帝问：

“那么要怎样呢?”

“应该，”他说，“只把它的一只脚放在整个显微镜下面，详详细细地单独看它用来走路的整个脚掌。”

“我的天哪，你说，”皇帝说，“这不是太小了吗!”

“有什么办法呢，”左撇子回答，“既然只有这样才能看到我们做的活儿，到那时一切惊人的现象就会发现了。”

照左撇子所说的那样放好，皇帝刚朝上面的目镜看了一眼，立刻容光焕发——拉过左撇子，尽管他还没有拾掇干净，一身尘土，也没洗过脸，皇帝就这样拥抱了他，吻他，然后回转身来对宫廷内侍们说：

“你们看到了吧，我最了解，我的俄罗斯人决不会骗我。请你们瞧瞧哇，要知道，他们这些调皮鬼给英国跳蚤的脚上打了掌了。”

十 四

大家都走上前去观看——跳蚤所有的脚上当真都钉上了真正的铁掌，左撇子却报告说，这还不是全部令人惊奇的东西。

“要是，”他说，“要是有能放大五百万倍的更好的显微镜的话，那么你们，”他说，“就能看到，每个铁掌上都刻有工匠的名字——说明哪个铁掌是哪个俄国工匠制造的。”

“这儿也有你的名字吗？”皇帝问。

“绝对没有，”左撇子回答，“只是没有我一个人的名字。”

“为什么呢？”

“那是因为，”他说，“我做的东西比这些铁掌更小，我打的是钉铁掌的小钉子——那可是随便什么显微镜都没法看见的。”

皇帝问：

“你们用来创造这个奇迹的显微镜呢？”

左撇子却回答说：

“我们都是穷人，因为穷，所以没有显微镜，我们只是拿眼睛估量一下。”

这时，宫廷内侍们看到左撇子的事情成功了，都来和他亲吻，普拉托夫给了他一百卢布，说：

“请原谅我，老弟，原谅我揪掉了你的头发。”

左撇子回答：

“上帝原谅你——对我们来说，这并不是第一次天外飞来的横祸了。”

以后就没有再说什么了，而且他也没有时间跟任何人交谈，因为皇帝命令立刻把这个打了掌的纤毛虫放好，送回英国去——仿佛是一件礼物，为的是让那里了解，我们对这个玩意儿并不稀奇。皇帝还吩咐，派一个精通各种语言的特使去送这个跳蚤，让左撇子也跟他一道去，以便让他能亲自向英国人介绍自己的杰作，让他们看看，我们在土拉有什么样的能工巧匠。

普拉托夫画了十字，为他祝福。

“愿上帝赐福给你，”他说，“我要把我自己喝的基兹里亚尔卡酒送来给你在路上喝。你不要喝得太少，也别喝得太多，要喝得不多不少，恰到好处。”

于是就这么办了——把酒送来了。

而基赛尔弗罗德伯爵[①]吩咐，给左撇子在图里亚科夫公共浴室里洗个澡，在理发馆里剪剪头发，给他换上宫廷歌手穿的大礼服，为的是造成这样的印象，似乎他也获得了一个恩赐的官衔。

等到用这种方式把他装扮起来，给他喝过兑上普拉托夫的基兹里亚尔卡伏特加的饯行茶后，尽量给他把皮带扎紧，免得在路上把肠子给颠出来，于是就把他送往伦敦去了。从此左撇子大开眼界，看到了许多外国的事物。

---

① 基赛尔弗罗德伯爵即K.B.涅赛尔罗德伯爵，俄国的外交大臣。这里故意把他的姓改动了一下。

十五

特使和左撇子急如星火，匆匆赶路，从彼得堡到伦敦，中途从不停下来休息，只是在每一站上把腰带再束紧一扣，以免肠子跟肺搅到一起。但自从左撇子见过皇上，普拉托夫的命令也不听了，官家的酒供他尽情地喝，他不吃东西，光靠喝酒过活。在全欧洲，他一路上不停地唱着俄罗斯歌曲，只是把歌词的叠句唱成外文："啊咿·流里——塞·特烈·若思"。[①]

特使一把他送到伦敦，就马上去会见有关人员，把锦匣交给人家。在旅馆里订好了房间，把左撇子安顿在那里。但左撇子在那儿不久就觉得无聊了，而且想吃东西。他敲了敲门，向侍者指指自己的嘴，侍者立刻把他领进了餐厅。

在那里左撇子坐到桌边，可是不会用英语叫菜。但后来他想了个办法：又用手指敲敲桌子，指指自己的嘴——英国人猜到他的意思，给他送来了饭菜。不过并不是每次送来的都是他想吃的东西，不会吃的东西，他就不吃。给他送来了按照他们英国食谱做的冒火苗的布丁[②]，左撇子说："我不知道这玩意儿还能够吃。"所以没有吃它。他们给他调换了，送来了另一样食品。他也不喝他们的伏特加，因为那酒是绿色的——好像里面加了矾。他挑了一种颜色最自然的，坐在水桶后面的阴凉里等候特使。

---

① "塞·特烈·若思"为法语，意思是"这很好"。

② 冒火苗的布丁，是把罗姆酒浇在布丁上，用火点着，然后送上餐桌。

那些接受特使送来的纤毛虫的人，立刻用倍数最大的显微镜细细观察它，马上写好一篇文章送给报纸，好让大家明天都能看到这篇小品。

“我们要立刻会见这位工匠本人。”他们说。

特使把他们领到旅馆的房间里，从那里又到餐厅里去，我们的左撇子已经在那儿吃饱喝足，变得面色红润了。于是特使说：“这不，就是他！”

英国人立刻拍拍左撇子的肩膀，像对待与他们平等的人那样，跟他握手。“朋友，”他们说，“朋友——呱呱叫的工匠师傅，等过些时候，以后再跟你好好地谈，现在先为你的幸福喝上几杯。”

他们叫了很多酒，第一盅酒先敬左撇子，他却很客气，不肯先喝，心想：“说不定他们由于懊恼，想要毒死我呢。”

“不，”他说，“这不合乎规矩，就是在波兰，也是先敬主人——请你们先喝吧。”

英国人当着他的面把所有的酒全都尝过，于是开始给他斟酒。他站起来，用左手画过十字，为他们的健康干了一杯。他们发觉他用左手画十字，于是问特使：

“他是路德教徒，还是新教徒？”

特使回答：

“不，他既不是路德教徒，也不是新教徒，他信仰的是俄罗斯东正教。”

“那他为什么用左手画十字呢？”

特使说：

“他是个左撇子，不论干什么都用左手。”

英国人更加惊奇了，向左撇子和特使频频敬酒，就这样开怀畅饮，整整喝了三天。随后，他们说：“现在够了。”每人喝了一瓶用长颈玻璃瓶装着的醒酒剂，等神智完全清醒过来以后，于是开始详细询问左撇子——他在哪儿学过些什么，数学知识有多深。

左撇子回答：

“我们的学问很简单，不过是念念圣诗，看看半部圆梦书罢了。至于数学，我们可一点儿也不懂。”

英国人互相使个眼色，说：

“这真令人惊异。”

左撇子却回答他们说：

“在我们那儿这很普遍。”

“不过，”他们问，“俄国的半部圆梦书是本什么书呢？”

“这是，”他说，“这样一本书，凡是圣诗里的卜辞，大卫王解释得不太清楚的地方，都能在这半部圆梦书里找到补充解释。”

他们说：

“这很可惜，如果您哪怕是至少懂得数学里的四则运算的话，那就好了，那要比全部圆梦书对您有用得多。那样的话您就会明白，每一部机器有多大的力。不然的话，尽管您手很巧，可是您不理解，像纤毛虫里的这种微型机器，是计算得十分精确的，它不能够负担铁掌的重量。这么一来，现在纤毛虫已经是既不会跳跃，也不会舞蹈了。”

左撇子表示同意。

“我们不懂科学，”他说，“关于这个，显然不容争辩，只不过对自己的祖国，我们是忠心耿耿的。”

英国人却对他说：

“您留在我们这儿吧，我们将教给您很多东西，您会成为一位出色的工匠的。”

可是左撇子不肯答应。

“我家里，”他说，“还有双亲呢。”

英国人硬要为他效劳，要给他的父母寄钱去，但左撇子拒不接受。

“我们，”他说，“对自己的祖国是忠实的。我父亲已经是一个老头儿，我母亲也是个老太婆了，他们都习惯到自己那个教区的教堂里去，而且我在这儿孤单单的一个人，也会觉得寂寞的，因为我还是个光棍儿。”

“您会习惯的，”他们说，“您将信仰我们的宗教，我们来为您成家娶亲。”

“这个，”左撇子回答，“永远也不可能。”

“为什么呢?”

“因为，”他回答，“我们俄国的宗教最正确，我们祖先信仰什么，子孙后代也应该信仰什么。”

“您，”英国人说，“对我们的宗教还不了解，我们也是信仰同一个基督教的教义，用的是同一本福音书。”

“福音书，”左撇子回答，“当真是大家都一样的，只不过我们的书比你们的厚，我们的信仰也更充实。”

“您根据什么做出这样的判断呢?”

“这个，”他回答，“我们有一切显而易见的证据。”

“什么证据呢?”

“是这样的，”他说，“我们有崇拜的圣像和棺木里圣徒的头骨和遗骸，你们却什么也没有，甚至除了一个礼拜天，没有任何特别的节日。第二个原因是我和英国女人即便结了婚，在一块儿过日子也会尴尬得很。”

“这又是为什么呢?”他们问，“您别瞧不起她们。我们的妇女也是穿得干干净净，很会过日子的。”

左撇子却回答说：

“我不认识她们。”

“这不要紧——可以认识嘛。我们给你介绍介绍，订个格兰德乌[①]就是了。”

左撇子很难为情。

“干吗要，”他说，“白白地哄骗姑娘们呢。”于是竭力推托。“格兰德乌，”他说，“这是老爷们的玩意儿，对我们可不合适，要是让家里头土拉的人们知道了这样的事，准要把我笑话死了。”

英国人好奇地问：

“可是，”他们说，“如果没有格兰德乌，要挑一个中意的人，在这种场合你们怎么办呢?”

左撇子对他们说明了我们的情况。

“我们那儿，”他说，“一个人想要表示他对一个姑娘的心意，就打发一个能说会道的女人前去求婚。她一求过婚，就一起彬彬有礼地到家里去，不是偷偷摸摸地去看那个姑娘，而是当着所有亲属的面。”

他们懂了，不过回答说，他们这儿没有这样能说会道的女人，也不兴这么办，左撇子却说：

“那更好了，因为要办这种事，得有真心诚意。既然我对外国人没有这种心意，那么干吗要哄骗姑娘们呢?”

---

① 讲得不正确的法语，即“约会”。

由于他发表了这些意见，英国人很喜欢他，于是他们又高兴地拍拍他的肩膀和膝盖，问道：

“我们，”他们说，“只是由于好奇，想要知道，您在我们的姑娘们身上发现了什么不好的东西，为什么要躲开她们呢？”

这时，左撇子已经是开诚布公了，回答他们说：

“我不说她们的坏话，我只是不喜欢。她们穿的衣服不知怎么晃来晃去的，也搞不清穿的是什么，穿这种衣服有什么必要。这儿不知是件什么，下面再缝上一件什么，胳膊上还要套个像马腿上的护腿样的东西。简直跟猴子似的——卷尾猴——绒布做的女斗篷一样。”

英国人笑了，并且说：

“这对您有什么妨碍呢？”

“妨碍，”左撇子说，“倒没有妨碍，只是我怕不好意思瞅着她，等她从这些东西里面挣脱出来。”

“莫非，”他们说，“你们的衣服式样更好看吗？”

“我们土拉的衣服式样，”他回答，“简单朴素，周身镶着花边，我们的花边，就连很有地位的太太们也要穿。”

他们也介绍他会见了他们的夫人，还在那儿请他喝茶，并且问：

“您为什么皱眉？”

他回答：

“因为，”他回答，“太甜了我们不习惯。”

于是，照俄国方式请他就着糖块喝茶。

他们觉得似乎这样更不好喝，他却说：

“照我们看，这样更够味。”

英国人不管用什么也难不倒他，随便怎样也不能使他受他们生活的诱惑，只能劝他短期做客，在这段时间里他们将领他去参观各种工厂，把他们的一切技艺都让他看看。

“然后，”他们说，“我们用自己的船送他回去，把他活着送回彼得堡去。”

这个他倒答应了。

十六

英国人把左撇子留在他们那里，却让俄国特使回转俄罗斯去。虽然特使有官衔，而且精通各种语言，但他们对他不感兴趣，他们感兴趣的却是左撇子——他们领左撇子到处参观，什么都让他看。他参观了他们所有的生产部门：金属加工工厂和肥皂厂，他非常喜欢他们的一切经济秩序，特别是工人的工资。他们那儿每个工人都经常吃得饱饱的，也不穿破破烂烂的衣服，每个人都穿着特制的暖和坎肩，脚上穿着后跟钉了铁钉的长筒厚皮靴，为的是不管在哪里碰到什么东西，都不至于把脚碰伤。工人不是凭力气干活，而是凭学到的知识，每个人都理解自己的工作。每个人面前都挂着乘法表，手边有一块擦得干干净净的小黑板。不管做什么，都要看看乘法表，根据他所理解的核对一下，然后把一个数字写在小黑板上，擦掉另一个数字，一切都搞得井井有条。写下的数字是多少，就是做了多少活儿。到了节日，都一对儿一对儿聚会在一起，手里拿根小棍儿，彬彬有礼、很优雅地出去散步，玩它个痛快。

左撇子参观了他们的一切生活情况和所有的产品，但他最留心的却是这样的事物，以至令英国人感到十分惊讶。他感兴趣的与其说是怎样制造新枪，倒不如说是旧枪的状况。不管什么他都从头到尾看一遍，称赞一番，并且说：

"这个我们也做得到。"

可是他一走到旧枪那儿，立刻把一根手指头伸到枪口里，在里面抹了一圈，叹了口气。

"这个，"他说，"比我们的强多了。"

英国人怎么也猜不透，左撇子指的是什么，而他却问道：

"我能不能问一声，"他说，"我们的将军们是不是曾经看过这个？"

他们回答他说：

"那些到这儿来过的，想必是看过了。"

"他们，"他说，"是怎么样的？戴着手套呢，还是没戴手套？"

"你们的将军们，"他们说，"穿得都很考究，他们随时都戴着手套。这就是说，在这儿也是这样的。"

左撇子什么也没有说。但突然他觉得心神不宁，闷闷不乐。他心烦意乱，神情忧郁，终于对英国人说：

"衷心感谢你们对我的款待，对你们这儿的一切，我都非常满意，凡是该看的，我都看过了，现在我想赶快回家去。"

怎么也留不住他了。不能让他由陆路回去，因为他不懂任何外语。而海路又很不安全，因为这时候是秋天，风浪很大。可是他纠缠不休，一个劲儿地要求：放他走。

"我们看过晴雨计了，"他们说，"将要有暴风雨，会淹死人的。要知道，这可不是你们的芬兰湾，这是真正的地中海①。”

“这反正一样，”他回答，“不管死在哪儿，反正只有一次，都是上帝的意旨。我想要赶快回故乡去，因为不然的话，我就要发疯了。”

他们不能硬留住他，于是让他吃饱，给了他些钱，送给他一块能报时的金表留作纪念。为了抵御深秋旅途中海上的寒气，送给他一件带风帽的厚绒大衣。他们给他穿得暖暖和和的，然后把左撇子领到开往俄国去的船上。在这儿人们把左撇子当作一位真正的老爷，安排他住在上等舱里，可是他不喜欢跟别的老爷们关在一起，而且觉得很不好意思，于是走上甲板，坐到一块防水布底下，问：“哪儿是我们的俄罗斯?”

他所问的那个英国人用手给他朝那边指了指，也许是朝那边扬了扬头，于是左撇子转过脸去，冲着那边，急不可耐地向祖国那个方向眺望。

他们刚从港口驶入地中海，他急于回到俄国去的心情便变得如此强烈，简直无法让他安静下来。波涛汹涌，风浪大得吓人，可是左撇子一直不下船舱去——他坐在防水布下，将风帽拉下来，凝望着祖国。

英国人多次前来请他下去，到温暖的船舱里去，但他为了避免人家老来打搅他，甚至用撒谎的办法来摆脱他们。

“不，”他回答，“我觉得在外面更好。不然的话，躲在船舱里，经受风浪颠簸，我都要变成豚鼠了。”

就这样直到发生了一件特殊的事情——他一直都不肯下去。一个副船长因此很喜欢他，对我们的左撇子来说，不幸的是这个副船长会讲俄语。

---

① 原文为Твердиземное Море，似为Средиземное Море（地中海）之误。但由伦敦乘船去彼得堡，不应经过地中海。

一个在大陆上长大的俄国人，竟能经受住海上种种恶劣天气，使这个副船长惊叹不已。

“好样的，”他说，“俄国人！咱们来干一杯！”

左撇子喝了一杯。

副船长说：

“再来一杯！”

左撇子又喝了一杯，于是开怀痛饮起来。

副船长问他：

“你把什么秘密从我们国家里带回俄国去？”

左撇子回答：

“这是我的事。”

“如果是这样的话，”副船长回答，“那么我跟你打个英国赌。”

左撇子问：

“打什么赌？”

“这么着，单独一个人什么也别喝，要喝就一道儿喝，喝得一般多。一个人喝，另一个人也非喝不可，谁喝得比另一个多，就算谁赢。”

左撇子想：“天空布满乌云，肚子发胀发闷——寂寞无聊，闷得慌，旅途漫漫，长得很，故乡的土地隔着海浪望不见——打个赌到底要快活些。”

“好的，”他说，“行！”

“只是要诚实。”

“这个，”他说，“你可用不着担心。”

他们谈妥了，并且击掌为定。

十七

他们开始打赌时，还是在地中海上，喝酒一直喝到了里加的季纳缪德堡[①]，他们始终喝得一般多，谁也不甘示弱，以至于不管干什么，两个人都要互相看齐，甚至当一个人朝海上望了一眼，看到波浪里钻出一个鬼来，另一个人也立刻会看到同样的情况。只是副船长看到的是个红毛鬼，左撇子却说，它似乎浑身漆黑，像个摩尔人。

左撇子说：

“画个十字，转过身去——这鬼是从地狱里来的！”

英国人却争辩说，“这是个海鬼”。

“你要不要我把你扔到海里去？”他说，“你别怕——它马上就会把你还给我的。”

左撇子回答说：

“既然如此，那你就扔吧。”

副船长抓住他的肩膀，把他拖向船舷。

水手们看到这个情况，拦住了他们，并且报告了船长。船长命令把他们两个都关到下面去，给他们送去了罗姆酒、葡萄酒和冷食，让他们能喝，能吃，能够继续打赌。冒火苗的热布丁没有送给他们，因为吃了热布丁，他们肚子里的酒精准会燃烧起来。就这样把他们关着，送到了彼得

---

① 季纳缪德堡是德国维纳河口上的一座城堡，里加市就在这条河的左岸。

堡，他们打的赌谁也没有赌赢。这时候让他们分乘两辆马车，把那个英国人送到英吉利滨河大街上的大使馆里，左撇子却被送进了警察分局。

从此，他们的命运就大不相同了。

十八

那个英国人刚被送到大使馆，立刻给他请来了医生和药剂师。医生吩咐当着他的面让病人坐进暖烘烘的浴盆里，药剂师立刻团好一粒含马来树胶的药丸，亲自塞到他的嘴里。然后两人一齐动手，把他抬到羽毛褥子上，上面又给他盖上皮大衣，让他在那儿发汗。为了不让任何人打搅他，整个大使馆里传下了命令——谁也不准打喷嚏。医生和药剂师等到副船长睡着了，又给他做了一粒含马来树胶的药丸，放在他床头旁边一张小桌子上，然后走了。

左撇子却被推倒在警察分局的地板上。问他：

“你是干什么的，从哪儿来，有没有护照或者什么别的证件？”

而他因为有病，因为喝多了酒和长途颠簸，身体已经那么虚弱，以致一句话也回答不出来，只是呻吟。

于是立刻对他进行搜查，从他身上脱下彩色的大衣，会报时的表和钱全都给抢走了。警察局长吩咐，只要碰上一辆马车，就用马车免费送他到医院里去。

警察带着左撇子去坐雪橇，可是等了好久，连一个赶马车的也碰不到，因为赶马车的都躲着警察。在这段时间里，左撇子一直躺在冷飕飕的大门口。后来警察抓住一个赶马车的，只是车上没有暖和的狐皮，因为在这种情况下，他们都把雪橇上的狐皮私藏起来了，这样好让警察的脚快点儿冻僵。左撇子坐在车上，身上什么也没盖，而且每次把他从一辆马车拖到另一辆马车上去的时候，总会失手让他摔到地上，要拉他起来时，就扯他的耳朵，让他清醒过来。把他送到了一家医院——因为没有身份证，那里不收，送到另一家——那儿也不收。就这样送到第三家、第四家——到早晨已经拖着他跑遍了所有偏远的弯弯曲曲的小路，而且老是把他从这辆车上弄到那辆车上去，折腾得他遍体都是伤痕。这时候一个助理医生告诉警察，叫他把左撇子送到奥布霍夫大众医院去，不管是哪个阶层的人，哪怕是快死的人，那儿都肯收留。

于是吩咐进行登记，直到办好手续，左撇子一直被丢在走廊里的地板上。

这时候那个英国副船长已经起来了，吞下了另一粒含马来树胶的药丸，吃了一餐清淡的早饭——大米鸡粥，喝过了醒酒汤，于是说：

“我的俄国朋友在哪儿呢？我得找他去。”

他穿上衣服就跑了出去。

十九

副船长以令人惊讶的方式很快就找到了左撇子，只是那时还没有让左撇子睡到床上去，他仍然躺在走廊里的地板上，对英国人抱怨说：

“我，”他说，“一定要对皇上说两句话。”

英国人跑去找克林米海尔伯爵[1]，吵吵嚷嚷地说：

“难道能这样做吗！”他说，“哪怕给他一件羊皮大衣也好，他也是人哪。”

为了停止这种议论，立刻把英国人从那儿赶走了，为的是让他不敢再提此事。后来有人对他说：“你最好是去找找哥萨克普拉托夫——他有普通人的感情。”英国人找到了普拉托夫，现在他又烦恼地睡在卧榻上了。普拉托夫听完他的话，记起了左撇子。

“可不是吗，老弟，”他说，“我跟他熟得很，甚至还揪过他的头发呢。只是我不知道，在他处于这么不幸的状况时，该怎么帮助他。因为我已经完全退役，而且得了中风，全身瘫痪——现在人们不再尊敬我了——你赶快跑去找要塞司令斯科别列夫[2]，他有能力，在这方面也有经验，他准会采取什么措施的。”

副船长去见斯科别列夫，什么都对他说了——左撇子有什么病，这病是怎么得的。斯科别列夫说：

“我了解这种病，只是德国人治不了它，这需要请个宗教界的医生来，因为他们生长在这种环境里，这种事情见过很多，他们准能妙手回春。我这就派俄国医生马丁-索尔斯基到那儿去。”

只是当马丁-索尔斯基来到的时候，左撇子快咽气了，因为他跌在台阶上，撞裂了后脑勺。他只能含糊不清地说：

“请告诉皇上，英国人不用砖头擦枪，我们也别这么擦了。要不，上

---

① П.А.克林米海尔伯爵是主管交通和公共建筑的大臣。

② И.Н.斯科别列夫是俄国将军，彼得罗巴甫洛夫要塞的司令。

帝保佑，打起仗来，枪就不中用了。”

左撇子怀着这样一片忠心，画了个十字，离开了人间。

马丁-索尔斯基立刻驱车去向切尔内舍夫伯爵[①]报告这些话，请他奏闻皇上。切尔内舍夫伯爵却对他大嚷道：

“你就管你的催化剂和泻药好了，”他说，“不要多管闲事。在俄罗斯，这种事情由将军们来管。”

就这样，没有把这些话报告给皇帝，直到爆发克里米亚战争，一直还是那样擦枪。那时候给枪里装上弹药，枪弹却在里面晃来晃去，因为枪膛都被砖头磨光了。

这时，马丁-索尔斯基提起了左撇子，切尔内舍夫伯爵却说：

“见鬼去吧，叫人瞧不起的传话筒，不要多管闲事。要不然我只当没听见，永远不再听你讲这种话——还要叫你吃不了兜着走。”

马丁-索尔斯基想：“当真是只当没听见。”于是不作声了。

如果他们把左撇子的话及时报告给皇帝，那么克里米亚战争就会是另一个结局了。

二十

现在这一切已经是“往昔之事”和“古老的传说”了，虽然并不是远古时候的事，但是这些传说却无须匆匆忙忙地忘记。虽说故事具有传奇、

---

① А. И. 切尔内舍夫伯爵是国防大臣，政府会议主席。

神话的性质，故事的主人公也像是史诗中的人物。左撇子的真名实姓，也像许多最伟大的天才的姓名一样，对后辈子孙来说已经永远湮没无闻了。但作为体现人民幻想的人物，他却很有意思，而他那些奇异的经历则可以作为对一个时代的回忆，那个时代的总体精神是被描写得非常准确而又忠实的。

现在土拉当然已经没有传说里左撇子那样的工匠了。机器铲平了才能和天赋的不平等，天才不能胜过勤勉和精确。机器有助于工资的提高，却无助于促进艺术家的胆略，这种胆略有时会超越一般限度，激发人民的想象力去创造这一类神奇的传说。

工人们当然会珍视机械科学的实际应用给他们带来的好处，但回忆古代时，也会怀着自豪和喜悦的心情。这是他们的史诗，而且是很有“人情味”的。

怪　物

“心里怕，眼睁大。”[①]

——俄罗斯谚语

① 意思是说因为心里害怕，所以疑神疑鬼，觉得一切都可怕。类似我们所说的“风声鹤唳，草木皆兵”。

一

我的童年是在奥廖尔度过的。我们住在涅姆钦诺夫的房子里，那儿离“小教堂”不远。现在我已不能认出这幢高大的木头房子到底是在哪儿了，不过记得，从它的花园里隔着一片宽阔的深谷，可以看到一望无际的景色，谷地的边沿陡峭，被一层层红黏土分割了开来。谷地那边展现出一片广阔的牧场，牧场上有一些公家的商店，每逢夏天总是有士兵们在商店附近操练。我每天都看着他们怎样训练，怎样被鞭打。那时候是兴体罚的，可我对此无论如何也看不惯，总是为他们痛哭流泪。为了不让我经常哭泣，我的保姆，一个年纪很老的莫斯科士兵的太太玛丽娜·保里索芙娜常领我到城市公园去散步。在这儿，我们时常坐在水浅的奥卡河河岸上，看小孩子们在河里游泳、玩耍，那时候我对他们那样自由自在实在羡慕不已。

在我的心目中，他们那样无拘无束的主要好处是，既不穿靴子，也不穿衬衣，因为他们把衬衣都脱掉了，还把领口和袖口扎在一起。这样一来，一件件小衬衣就变成了些小口袋，小孩子们把它们逆水放着，于是就能捕获许多银光闪闪的小鱼。小鱼是那么小，简直没法刮鳞，于是这就有了充分的理由，认为这种小鱼不用刮鳞就能煮着吃。

我从来没有勇气尝尝它是什么滋味，但小渔夫们捕鱼的情景，对我来说，简直是自由能够赐给像我那么大年纪小男孩儿的最高幸福。

但是保姆懂得一些挺有道理的论据，说是这样的自由对我来说是完全不成体统的。这些论据归结起来就是：我是个父母都很高贵的孩子，城里的人都认识我的父亲。

要是在乡下的话，保姆说那就是另一回事了。在那里，在那些普普通通、愚昧无知的农民中间，大概是可以允许我多少享受一点儿这样的自由的。

似乎正是由于这些想要约束我的议论，我才受到那么强烈的，无法遏制的诱惑，盼望着到乡下去。所以当我的父母在克罗梅县买下一座小小的庄园时，我简直高兴得忘乎所以了。就在那年夏天，我们从城里宽大的房子里搬到了农村中一幢十分舒适但较小的房子里。房子有一个阳台，房顶上盖着干草。在克罗梅县，就是在那个时候，森林也是宝贵而稀少的。这是个草原地带，是出产粮食的地区，而且有一些清澈的小河流过，水源充足，可以进行灌溉。

二

在农村里，我立刻和许多农民交上了朋友，我结识的人都是很有趣的。趁我的父母忙着加紧料理他们的经济事务的时候，我抓紧时间和成年小伙子们以及那些“在备耕用的林间草地上”放马的小孩子们建立了最亲密的友谊。不过最让我恋恋不舍的，却是磨坊里的老工人伊里亚老爷爷——一个满头白发，但嘴唇上留着老大一把黑胡子的老头儿。跟他谈话，比跟任何别的人谈话都容易，因为他从不离开工作地点。他要么拿着粪叉在堤坝上走来走去，要么坐在颤动的护坝埝上边，若有所思地倾听水磨轮子转动得是否均匀，或者护坝埝的下边是不是有什么地方渗水。当他什么也不干，闲得无聊的时候，就用槭木来做水磨和齿轮的轮齿，以备不时之需。但在上述种种情况下，他都会放下所做的活儿，很乐意跟人闲谈。他谈话总是断断续续，前后没有任何联系，不过很喜欢用暗示的方式。每当他暗示什么的时候，脸上就露出嘲讽的微笑，也不知是笑他自己呢，还是笑听他讲话的人。

既然他是个磨坊工人，由于职务上的关系，所以伊里亚老爷爷和水怪有相当密切的关系。这个水怪主管我们的所有池塘，小河的上游和下游以及两块沼泽地。这个恶魔的大本营就扎在我们磨房的一个空的接面箱底下。

对它的一切情况，伊里亚老爷爷都清楚得很，他说：

“它喜欢我。即使它回到家来，看到有什么东西乱糟糟的，因而大发脾气的时候，它也不会责怪我。要是换成别人躺在我这儿，躺在那些口袋上，它准一下子就把他从口袋上掀下来，扔出去，可这一辈子里它从来没碰过我。”

所有年轻人都向我证实，在伊里亚老爷爷和“水怪老爷爷”之间当真存在着上述这种关系。不过他们能保持这种关系，完全不是因为水怪喜欢伊里亚，而是因为，作为一个真正名副其实的磨坊工人，伊里亚老爷爷知道一种真正名副其实的磨坊工人的咒语，水怪和它手下的小鬼头们都得乖乖地服从，就像护坝埝底下和堤坝上边的黄颔蛇和癞蛤蟆一样。

和小孩子们在一起时，我们就去捉鮈鱼和嘉鱼。在我们那条狭小、但清澈见底的高斯托姆尔小河里，这两种鱼都多得要命。不过由于我性情严肃，所以更多的时候是和伊里亚老爷爷待在一起。他那经验丰富的智慧向我展示出一个充满神秘迷人事物的世界，对我这样一个城市里的孩子，简直是闻所未闻。从伊里亚那儿我知道了睡在锅台上的家神，在水磨轮子底下的水怪有一座美轮美奂、气象森严的宅第，还有那个羞羞答答、变化多端的女妖精，她总是在各式各样积满灰尘的地方躲避一切大胆无耻的目光——她一会儿躲在谷仓里，一会儿躲在禾捆干燥房里，一会儿又躲在秋天打大麻的场上。关于林妖，老爷爷了解得最少，因为它住在谢里万客栈那边很远的地方，只是有时会到我们这儿稠密的爆竹柳丛里来，用爆竹柳做一根新笛子，坐在鱼塘旁边的阴凉地里，吹笛子玩。其实在他那不知有过多少奇遇的丰富多彩的一生当中，伊里亚老爷爷只有一次曾面对面地碰上过林妖，而且那还是在尼古拉节，我们这儿开庙进香的时候。林妖装作一个很老实的庄稼人，走到伊里亚面前，要求闻一闻鼻烟。当老爷爷对他说："见你的鬼去[①]——闻就闻吧！"一面说着，一面打开桦树皮扁烟盒，这时林妖可再也不能保持规规矩矩的样子，而开始恶作剧了：它用手掌在烟盒下面那么用力一拍，弄得好心肠的磨坊工人两眼都是鼻烟。

所有这些栩栩如生、引人入胜的故事，在那时候我都是完全相信的。它们那色彩浓郁、形象生动的内容超出了我的想象力，以致我自己也几乎变成了一个能够看见鬼神的人。至少有一次，当我冒着很大的危险向谷仓里张望的时候，我的眼睛竟变得那么敏锐，看到了坐在那儿灰尘之中的女妖精。她没有洗脸，包着一块满是灰尘的头巾，生有一双病态的眼睛。当我被这一幻象吓得失魂落魄，惊慌失措地从那儿跑开的时候，我的另一种感觉听觉又发现林妖就在附近。我说不准它到底是坐在哪儿，大概是在一

① 这是一句粗话，意思是"好吧"。

棵高高的爆竹柳上吧。只不过当我从女妖精那儿逃跑的时候，林妖拼命在吹它那根绿色的笛子，而且紧贴着地面朝我脚上用力抓了一把，弄得我一只皮鞋的后跟掉了下来。

我上气不接下气地把这一切都告诉了家里的人，因为我毫不隐瞒，实话实说，所以被关在屋里阅读圣徒故事，等着派往邻村去的一个光脚丫子的小男孩去找会修好我那只被林妖弄坏的皮鞋的士兵。不过就是读圣徒故事也不能够保护我，让我不去相信那些超自然的东西。可以说，全靠伊里亚老爷爷的帮助，这些东西已经成了我生活中必不可少的一部分了。我熟悉也很喜欢圣徒故事——直到现在我还想反复阅读它——可是我觉得伊里亚老爷爷灌输给我的那些童话中的精灵，他们在孩子的心目中那么可爱，对我来说仍然是必不可少的。人们的幻想为山林间和泉水边平添了许多神仙和精灵，如果让它们消失，那么林间的清泉就会显得十分冷清。

由林妖的笛子引起许多令人不快的后果，其中还有这么一桩——因为给我讲那些关于鬼神和精灵的故事，伊里亚老爷爷被我妈妈训斥了一顿，以致有一段时间他不愿意看到我，似乎不想再继续给我讲授那些知识了。他甚至装出要赶我走的样子。

“快走开，别等在我这儿，找你的保姆去。”他说，把我扭转过去，背对着他，还用长了老茧又宽又大的手掌在座位底下用力拍了一把。

但我已经为我的年龄感到自豪，认为自己不是个小孩子，对我来这一套可一点儿也不合适。那时我已经8岁了，根本用不着去找我的保姆了。我让伊里亚明白这一点，用一个盛过果子酒的洗杯盆给他送去了一小盆樱桃。

伊里亚老爷爷很爱吃这种水果。他收下了它们，心软了下来，用他那长满老茧的手轻轻抚摩一下我的脑袋，于是我们之间又恢复了从前那种最亲密、最友好的关系。

“你要，”伊里亚老爷爷对我说，“永远尊重庄稼人，比对什么人都要尊重，要喜欢他们讲的故事，不过从庄稼人那里听来的话，可不能讲给大家听。要不——我就赶你走。”

打从那时候起，对磨坊工人讲给我听的一切，我都严守秘密，因此我知道了那么多有趣的东西，以致不但在夜里——所有家神、林妖和女妖精们都非常大胆、肆无忌惮的时候，我觉得害怕，甚至在白天也吓得胆战心惊。我之所以这么害怕，是因为我们的家和整个我们这一带地方都处在一个叫作谢里万的十分可怕的强盗、极其凶残的巫师的势力支配之下。他住在离我们家只有6俄里远的“岔道口上”，也就是在那条大的驿道分成两股的地方——一条新修的道路通往基辅，另一条旧路通往法杰日，路旁耸立着一些叶卡捷琳娜[1]时代栽种的爆竹柳，树身上净是树窟窿。这条旧路现在已经废弃不用，完全荒芜了。

在这个岔道口后面一俄里远的地方，有一片挺不错的橡树林。就在树林旁边，有一家很不像样，大敞四开毫无遮拦，有一半倾圮了的客栈，据说从来没有谁在那儿住宿过。这种说法很容易叫人相信，因为客栈不能为住宿的人提供任何舒适条件，而且还因为这儿离克罗梅城太近了。在城里，即使是在那个半开化的时代，也可以指望找得到暖和的上房、茶炊和二等的白面包。那个“闲着没有事干的客栈主人”谢里万，那个谁也不愿意碰到的可怕的人，就住在这个从来没有任何人住宿的可怕的客栈里。

① 叶卡捷琳娜二世（1726—1796），1762年至1796年间为俄国女皇。

三

照伊里亚老爷爷说来，那个“闲着没有事干的客栈主人”谢里万的故事是这样的。谢里万是克罗梅的小市民，他的父母早就死了，他给一个面包师傅做学徒，到奥廖尔城门外去卖面包。他是个好孩子，心地好，又很听话，只不过人们总是对面包师傅说，对谢里万可要小心着点，因为他脸上有一块火一样的红斑，上帝从来不会无缘无故给人打上这样的记号的。还有些人知道一句谚语，就是专门指的这种情况——“上帝给骗子打上标记。”面包师傅极力夸奖他干活勤奋，为人忠实，但所有旁的人都真心诚意，纯粹出于一片好心对他说，清醒的理智还是要求他留点神，不要太信任谢里万，因为“上帝给骗子打上标记”。既然他脸上打了记号，这正是为了让过于轻信他的人对他当心。面包师傅也不愿落后于聪明的人们，但谢里万却是个很好的伙计。他卖面包十分认真，每天晚上都规规矩矩地从一个挺大的皮钱袋里把他在过往的农民那儿卖得的所有五戈比和十戈比的铜钱都倒出来，交给主人。然而记号并不是平白无故地打在他的脸上的，而是说明总要出事的（总是会这样的）。有个叫包尔卡的“退休刽子手”从奥廖尔来到了克罗梅，曾经有人跟他说过：“包尔卡，你是个刽子手，现在你住在我们这儿，日子是很不好过的。”所有的人都尽可能让退休的刽子手感觉到，这些话对他不仅是说说而已。当刽子手包尔卡从奥廖尔来到克罗梅的时候，跟他一道来的还有他的女儿，一个十四五岁的小女孩儿，她是在监狱里出生的，虽然很多人说，她最好还是根本不要出生。

他们是根据户口登记证到克罗梅来居住的。这在现在是无法理解的，但在那时候就是这样——退休的刽子手一定得登记住到一个小城市里去，而且这手续办起来简单得很，既不征求任何人的意见，也无须得到任何人的同意。对包尔卡也是这样——某位省长吩咐把这个老年刽子手登记在克罗梅县，于是就给他登记好了，他就带着自己的小女儿来到了这儿。只是，那还用说吗，在克罗梅，刽子手对任何人来说都不是乐意接待的客人。恰恰相反，作为身世清白的人，大家都瞧不起他们，无论是他，还是他的女儿。毫无例外，谁也不愿让他们走进自己的家门。而他们来到这儿的时候，天气已经很冷了。

剑子手求求这家，然后又去求求另一家，后来索性不再去打搅人家了。他看得出，决不会博得任何人哪怕是一星半点儿的怜悯。而且知道，这完全是罪有应得。

“可是孩子！”他想，“尽管我罪孽深重，可孩子是无辜的——也许会有什么人可怜孩子吧。”

于是，包尔卡又去一家一家地敲门，请求人家，即使不肯收留他，那么单单把小姑娘收留下也行……他赌咒发誓，说他甚至决不会前来看望女儿。

但就连这个请求也是枉然的。谁愿意跟一个刽子手有来往呢？

于是，走遍了这座小城，这两个不幸的外来人只好又去要求住进监狱。在那里面至少能够暖暖身子，躲避一下秋天的潮湿和寒气。可是监狱里也不肯收留他们，因为他们在监狱里过不自由生活的期限已满，现在他们都是自由人了。他们可以自由地死在任何一道篱笆底下，或者死在任何一条壕沟里。

有时人们也给剑子手和他的女儿一点儿施舍，当然这不是为了他们，而是看在耶稣的分儿上，可是无论哪里都不准他们进屋里去。老人和女儿没有栖身的地方，只好有时在某个陡坡下面，有时在挖黏土的土坑里，有时在山谷中已经没有人住的看菜园的窝棚里过夜。从奥廖尔跟着他们来的一条瘦弱的狗，也分担着他们这多灾多难的命运。这是一条长毛大狗，它身上的毛都已经滚成毡了。跟着两个要饭的主人，它吃什么呢？这一点谁也搞不清，不过终于猜出来了——它根本不需要吃东西，因为它“没有肚子”。也就是说，它只有骨头皮，还有一双疲惫不堪的黄眼睛，而“当中”什么也没有，因此它根本不需要食物。

伊里亚老爷爷讲给我听，怎样才能“用最容易的办法”获得这样的效果。任何一条狗，趁它还是条小狗崽的时候，只要给它喝一次熔化了的锡水或铅水，它就会变得没有肚子，可以不吃东西了。不过，当然啦，这么做的时候一定得念一句“特别的、有妖法的咒语”。刽子手显然知道这样的咒语，为此德行端正的人们就把他的狗给打死了。为了不纵容巫术，当然理应如此，但这对那两个要饭的却是巨大的不幸。因为小姑娘夜里和狗睡在一起，狗就把它保存在毛中的热气分一点儿给那个孩子。不过自然不能为了这种区区小事而宽恕妖法，大家一致的意见是：消灭那条狗是完全正确的。巫师们要想欺骗正教徒，那可办不到。

四

狗被消灭掉以后，刽子手在窝棚里用自己的身体来温暖女孩。可是他已经老了，而且对他来说幸运的是，他也不必长期为此操心，担负这项力不从心的工作了。在一个凛冽的寒夜，孩子感觉到，她的父亲冻得比她还要冷，她觉得那么可怕，所以从他身边稍微挪开了一点儿，甚至吓得失去了知觉。直到早晨，她都睡在死神的怀抱里。当天色破晓，去做早祷的人们由于好奇往窝棚里张望一下的时候，他们看到，父女两个都已经冻僵了。小姑娘好歹算是给暖和过来了，当她看到父亲那双奇怪地呆呆瞪着的眼睛和古怪地啮着的牙齿时，她懂得了这是怎么回事，于是号啕大哭起来。

老人被埋在墓地后面，因为他活着的时候为人可憎，死的时候又没有忏悔，对他的女儿，人们却有点儿忘却了……不错，没有忘记多久，只不过忘了那么一个月的样子。可是当过了一个月，人们想起她来的时候，已经没处找她去了。

可以设想，这个孤儿是跑到了别的城市里，或者是到农村里讨饭去了。更加令人惊异的是，在这个孤儿失踪的同时，还发生了另外一件奇怪的事——在人们发现小姑娘不见了，到处找她之前，就已发现卖面包的谢里万失踪了。

他的失踪完全出人意料，而且是那么轻率，在他以前还从来没有任何一个逃亡的人像他这样。谢里万根本没有从任何人那儿带走任何东西，甚至所有交给他去卖的面包，也都仍然放在他那个托盘上，他卖得的钱也一文不缺，安然无恙，然而他本人却没有回去。

整整三年，这两个孤儿被认为失踪了。

突然有一回，有一个商人从集市上来，他在“岔道口上”有一间早已荒废的客栈。他说，他遇到了一件不幸的事情——他赶着大车在沼泽地里的小路上走，一不留神把马赶得偏离了正道，大车陷下去了，多亏一个不认识的流浪汉救了他的命。

这个流浪汉被他认出来了，原来这不是别人，正是谢里万。

这个被谢里万救了命的商人并不是那种对别人的帮助根本无动于衷的人，这也是为了免得在最后的审判时被追究忘恩负义的责任，他想要为这个流浪汉做件好事。

“我应该让你获得幸福，”他对谢里万说，“在岔道口上我有一间空着的客栈，你到那儿去当店主吧，卖卖燕麦和干草，一年只要付给我一百卢布租金就可以了。”

谢里万知道，离城六俄里远，不是个开客栈的地方，坐在那儿，什么过路的人也等不到的。不过因为这是头一次有这么个机会，人家愿意给他提供一个安身的角落，所以他同意了。

商人让他去了。

五

谢里万推着一辆送粪的独轮车到客栈来，车上放着些零星物品，上面躺着一个生病的女人，头朝后仰着，身上穿得破破烂烂的。

人们问谢里万：

“这是什么人？”

他回答：

“这是我老婆。”

“她是哪里人？”

谢里万简短地回答：

“是上帝的子民。”

“她害的什么病?”

“腿有病。”

“她这病是怎么得的?”

谢里万皱起眉头，含含糊糊地说：

“叫地上的寒气冻的。”

他没有再多说一句话，就抱起那个病弱的残疾人，把她抱进屋里去了。

谢里万不爱说话，一般说来，他也不喜欢和人接近。他躲避着人们，甚至好像是害怕他们似的，他也不在城里露面。而他的老婆，自从他用送粪的手推车把她送到这儿来以后，谁也没再见过她。不过从他和妻子来到这里，已经很多年过去了——当年的年轻人已经变老，岔道口上的客栈也更加破败、倾颓了——谢里万和他那个病弱的残疾人却仍然住在这儿，而且让大家惊奇不已的是，他们一直在向那个商人的继承人交付客栈的租金。

这个怪人既要维持他自己的生活，又要为这个几乎完全倾颓的客栈缴租，这钱他都是打哪儿弄来的呢？大家都知道，从来没有任何一个过路的人到这儿来张望一下，也没有一个大车队在这里停下来喂过马，可谢里万却一直还没饿死，虽说他过的是十分贫困的生活。

问题就在这儿了，不过附近的农民们也没让这个问题折磨很久。不久大家就都明白了，原来谢里万和妖魔鬼怪有来往……是这些魔鬼帮他搞了一些相当有利可图的勾当。对平常的人们来说，这一类的勾当甚至是根本不可能的。

大家知道，魔鬼和它的帮手们很爱干种种害人的坏事。不过它们特别喜欢出其不意夺走人们的灵魂，让他们来不及以忏悔来洗净自己的罪愆。

人们当中要是有谁帮它们搞这种阴谋诡计，那么一切妖魔鬼怪，也就是林妖、水怪和女妖精们，也都乐意给他种种好处，不过有一些十分苛刻的条件。帮助魔鬼的人必须跟着魔鬼下地狱——或早或迟，可是准免不了。谢里万就正处于这种极其不幸的境地。为了在他那破破烂烂的小房子里勉强维持生活，他早就把自己的灵魂同时出卖给好几个魔鬼了。打从那时候起，这些魔鬼就开始用强制的办法把一些过路的人驱赶到他的客栈里去。谁也没从谢里万的客栈里出来过。事情是这么搞的——林妖和女妖精商量好，天黑以前突然掀起一场暴风雪，路上的行人惊慌失措，不管走到哪里，赶紧找个地方去躲避狂暴肆虐的风雪。这时谢里万立刻要个花招儿：他把灯放在自己的小窗子上，于是那些腰缠万贯的商人，带着秘密锦匣的贵族，皮风帽衬里儿中暗藏着许多纸币的神父们，就都扑向灯光，落入他的魔窟了。这是一个圈套。那些到他这儿来的人，没有一个能够再走出谢里万的大门。谢里万把他们藏到哪里去了，谁也不知道。

伊里亚老爷爷说到这里的时候，只是在空中挥一挥手，神态庄严地说：

"枭飞鹫翔——不见飞往何方；雷雨，风雪……黑夜，亲娘——平坦光滑，好似镜面一样。"

为了不至在伊里亚老爷爷的心目中贬低自己，我装作好像懂得"枭飞鹫翔"是什么意思，可是我听懂的只有一点儿：在一般人的心目中，谢里万是个吓人的怪物，碰到他是十分危险的……上帝保佑，可别让世界上任何人遇到这种情况。

不过我竭力想从别人那儿核对一下关于谢里万的那些可怕的故事，可是大家众口一词，所说的全都一模一样。大家都把谢里万看作一个可怕的怪物，大家都和伊里亚老爷爷一样，严格禁止我"在家里，在上房里，对任何人谈起谢里万的事”。遵照磨坊工人的劝告，我始终信守这一庄稼人的戒律，直到发生一件可怕的事情，我自己落到了谢里万的魔爪里。

六

冬天，当屋里装上双层玻璃窗的时候，我不能像往常那样经常和伊里亚老爷爷以及其他庄稼人见面了。人们爱护我，不让我受冻，可他们全都留在冰天雪地里干活儿，而且其中有一个人遇到了一件很悲惨的事，这件事把谢里万又推上了前台。

刚一入冬的时候，伊里亚的侄子，一个叫尼古拉的庄稼人到克罗梅去过命名日，到人家家里去做客，没有回来。过了两个星期，人们在谢里万树林的边缘找到了他。尼古拉坐在一个树墩上，胡子支在手杖上，看样子是走得太累了，只顾了休息，没留心让暴风雪给埋了起来，雪积得比膝盖还高，后来狐狸又咬掉了他的鼻子和双颊。

显然，尼古拉是迷了路，走累了，于是冻僵了。可是大家都知道，发生这样的事决不是没有原因的，而且不可能和谢里万无关。这件事我是从使女们那儿听说的，我们家里有很多使女，而且大部分都叫阿奴什卡。有大阿奴什卡，小阿奴什卡，麻子阿奴什卡，圆脸的阿奴什卡，还有一个绰号叫“贩子”的阿奴什卡。最后这个阿奴什卡是我们的小品文专家和新闻记者。因为她活泼、机灵、调皮，所以才得了这么个说明她活泼好动性格的绰号。

不叫阿奴什卡的使女只有两个——涅奥尼拉和娜斯嘉，一般认为她们的地位有点特殊，因为她们在当时奥廖尔城里莫罗佐娃夫人的时髦商店里受过特殊教育。此外家里还有三个跑腿的小丫头——奥斯卡、莫斯卡和罗斯卡。其中有一个教名是玛特莲娜，另一个叫拉意莎，奥斯卡的原名叫什么，我不知道。莫斯卡、奥斯卡和罗斯卡都还年幼，因此大家都颇有点瞧不起她们。她们还在赤脚跑来跑去，而且没有权利坐在椅子上，只能坐在下面的矮凳上。她们的职责是干交给她们的各种不怎么体面的事情，例如：擦洗面盆，把洗脸盆端出去，带着家里养的狗出去散步，跑跑腿，到厨房里去叫人，或者上村里去。现在随便哪个地主家里，已经没有这么多多余的人了，但在那时候，这却似乎是必不可少的。

我们这些使女和小丫头们，不用说都知道很多关于可怕的谢里万的事情，庄稼人尼古拉就是在他的客栈附近给冻僵了的。因为这件事，现在人们又记起了谢里万过去搞的种种勾当，以前我还不知道这些事情。现在发觉，赶车的康士坦丁有一次赶着车到城里去买牛肉，听到从谢里万住房的窗户里传出一阵阵哀怨的呻吟声，还听到说话的声音：“哎哟，手痛啊！哎哟，手指头像被刀割似的！”

大阿奴什卡解释说，这是谢里万在暴风雪（奥廖尔话叫库拉）的时候，把一辆贵族老爷的轿式雪车和车上的一家人全都弄到他那儿去了，在那儿一根一根地切下那些贵族孩子们的小手指头。这一可怕的野蛮暴行可把我吓坏了。后来鞋匠伊万又遇到了一件更加可怕，而且无法解释的事。有一回，派他进城去买做鞋用的东西，他稍耽搁了一会儿，回家时天已经黑了，这时狂风大作，下起小雪来——这使谢里万开始觉得有点高兴了。他立刻起来，走到田野里，以便和老妖婆、林妖以及女妖精们一道在黑暗中兴妖作怪，掀起风暴。鞋匠知道他会这样，并且随时提防着，可是没能提防得了。谢里万一下子跳到他鼻子跟前，挡住了他的去路……马站住了。不过幸而鞋匠天生大胆，又很机灵。他走到谢里万跟前，好像要跟他表示亲热似的，并且说“你好哇”，可就在这时候，却用一根最大、最尖锐的锥子从袖筒里对准他的肚子猛刺过去。这是巫师身上唯一能够致命的地方，但谢里万还是逃掉了——他立刻变成了一根很粗的里程标，鞋匠那把锐利的工具在那上边扎得那么牢，鞋匠怎么拔也拔不出来，只好和锥子分手了。其实锥子对他来说是绝对少不了的用具。

后面这件事真是欺侮人，是对正直人的嘲笑，也使大家深信，谢里万当真不仅是一个大坏蛋和狡猾的巫师，而且还是个无赖，这种人是决不能饶恕的。于是决定狠狠地教训他一顿。可是谢里万也很精明，他学会了一个新花招儿——他开始“变化”了。也就是说，只要遇到一丁点儿危险，甚至只不过是一碰到别人，他就改变自己的人形，当着大家的面变成各种各样有生命的和无生命的东西。不错，由于大家对他十分警惕，他即使这么狡猾，还是稍微吃了点苦头，不过无论如何都没能根除这个祸害。和他进行的斗争有时甚至有点儿滑稽可笑，这使大家更加觉得是受了侮辱，也更气愤了。例如，鞋匠用锥子拼命刺了他一下子，谢里万只是因为赶紧变成一根里程标，才逃脱性命。在这以后，有好几个人看到这把锥子竖在一根真正的里程标上。他们甚至试图把它拔出来，可是锥子断了，于是只给鞋匠带回一根一文不值的木头把儿来。

在这以后，谢里万却在树林里走来走去，好像根本就没被锥子扎过似的。他还变作一只野猪，变得那么像，简直一丝不差——津津有味地在吃橡实，好像这种果实正合他的口味。不过他最经常的，是变作一只红公鸡，爬到他那发黑的、破破烂烂的房顶上，在那里高声啼叫“咯—咯—

咯！”大家都知道，他感兴趣的当然不是唱什么“咯—咯—咯”，他是在向四处窥探，看是不是有什么行人，值得他去教唆林妖和女妖精，叫它们掀起一场狂风暴雨，把路上的行人折磨死。总而言之，附近这一带的人都能清清楚楚地识破他的一切阴谋诡计，从来不会上这个坏蛋的当，落入他的罗网，甚至还对谢里万的狡诈不止一次狠狠地进行了报复。有一回，当他变作野猪的时候，遇到了参加婚礼以后从克罗梅步行回来的铁匠萨维尔，在他们之间甚至展开了一场搏斗。不过幸而铁匠手里有一根很重的棍子，多亏这根棍子，铁匠赢得了胜利。那个会变化的怪物装作对铁匠毫不在意的样子，粗声粗气地哼哼着，只管吧嗒吧嗒地嚼它的橡实。但铁匠以敏锐的智慧一眼就看穿了他的阴谋，那就是让他从身边走过去，然后从背后扑上来，摔倒他，把他和橡实一道吃到肚子里去。铁匠决定预防不测——他高高举起手里的棍子，照准野猪的鼻梁，啪的一声用力猛打下去，打得它一声哀号，倒在地上，再也爬不起来了。而当铁匠在这以后匆匆走开的时候，谢里万却又变作人形，从他房前的台阶上久久注视着铁匠——显然心里怀着对他最不友好的想法。

在这次可怕的遭遇以后，铁匠甚至发了一场疟疾。这场大病之所以没有夺去他的生命，仅仅是因为他把上房里送来让他服用的奎宁粉都丢到了窗子外面，让它随风飘散了。

铁匠是个出名的深明事理的人。他知道，奎宁以及其他药房里的药物根本破不了妖法。他咬紧牙关，强忍病痛，在一根粗线上打了个结，丢到粪堆上，让它去腐烂。这样一来就一切都了结了。因为只要那根线和上面的结烂掉，谢里万的妖法也就给破了。果然如此。打那以后，谢里万就再也没有变过野猪，或者至少是打那时候起，谁也没再看到他变成那个肮脏样子了。

识破谢里万变红公鸡的鬼把戏，那就干得更漂亮了——斜眼的磨坊工人萨夫卡，一个十分大胆、比谁都有远见，又最机警的小伙子，挺身和他大战，赢得了光辉的胜利。

有一次，在赶集的头一天，他被派到城里去，他骑的是一匹既懒惰又固执的马。萨夫卡了解他这匹马的脾气，为了以防万一，他悄悄地随身带了一块挺不错的桦木劈柴，打算用这件东西在他那匹性情忧郁的布柴法尔[①]的两肋上留下些可资纪念的礼品。他已经在某种程度上把这一打算付诸实践了，而且使他那匹马的脾气发生了显著的变化，弄得它失去了耐心，开始轻轻地跳跃起来。

谢里万没料到萨夫卡装备得这么完善，刚巧在他到来之前变作一只公鸡，跳到了房檐上，在那儿转来转去，向四面张望，而且唱起了“咯—咯—咯”。萨夫卡见到巫师，并不害怕，恰恰相反，他自言自语地说：“嗨，老兄，你撒谎——你逃不掉的。”这么嘟囔着，没再多想，一甩手，把他那块劈柴敏捷地朝它掷去，以致它还没来得及唱完它的“咯—咯—咯”，就栽倒下来一命呜呼了。不幸的是，它没有掉到街上，而是落到了院子里。在那里一接触到地面，不费吹灰之力，他又恢复了本来面目，变成人形。他又变作谢里万，跑出来追赶萨夫卡，手里拿着他变作公鸡在房顶上啼叫时萨夫卡向它投去的那根劈柴。

照萨夫卡的说法，这一回谢里万可气疯了，看他那个样子，萨夫卡很可能会遭他的毒手。不过，萨夫卡是个很机灵的小伙子，而且知道非常有

---

① 布柴法尔是亚历山大·马其顿的坐骑的名字。

用的一个绝招儿。他知道，如果让他的懒马掉头回家，回到马槽那儿去，那么它的懒病立刻就会痊愈。于是，他就这么做了。用劈柴武装起来的谢里万刚刚向萨夫卡扑过来，萨夫卡立刻掉转马头，一下子就在回去的路上消失了。他一路疾驰回到家里，吓得面无人色，直到第二天，才跟人讲了他所遇到的事情。谢天谢地，幸亏他说出来了，不然的话，真担心他会终生变成哑巴。

七

又派了另一个更大胆的使者代替吓坏了的萨夫卡去执行使命，这一个终于到了克罗梅城，顺利地回转来了。然而跑了一趟以后，这一个也说，就是让他钻到地底下去，也比路过谢里万的客栈轻松些。旁人也都有同样的感觉——恐惧已成为普遍的心态。不过大家也开始齐心协力，共同对谢里万加紧进行监视。不管是在哪里，也不管他变成什么，他总是会被人发觉，人们总是要竭力消灭他这个害人的东西。不管谢里万在他的客栈旁边变成一只绵羊还是一头小牛犊，反正人们都会认出他来，打他。无论他变成什么样子，也瞒不过人们的眼睛。就连有一次他变成一个刚刚涂过树脂的新车轮，滚到街上来，倒在太阳地里晒着，这个花招儿也被识破了。于是聪明的人们就把那个车轮砍得粉碎，轮毂和辐条飞向四面八方。

关于这些构成我童年的英雄史诗的种种事件，我都及时获得了迅速而又十分可靠的情报。消息来得快，是因为总是有许多很不寻常的外面来的人到我们的磨坊里来磨面粉。磨盘在磨他们带来的粮食，在这阵工夫里，磨粉人的嘴也更加起劲地蜚短流长，这些奇异的故事又被莫斯卡和罗斯卡从那儿带回女仆住的下房，然后再用最好的措辞讲给我听。我就整夜整夜地想着这些故事，并且编造出一些对我和对谢里万都非常有趣的情景。尽管我听到了关于谢里万的这一切传说，可在我的内心深处，却对他怀有一种十分亲切的好感。我坚信，一旦在一种异乎寻常的情况下我和谢里万见了面，他准会喜欢我，我也准会喜欢他，甚至会远远超过我喜欢伊里亚老爷爷的程度。伊里亚老爷爷有一点儿叫我不喜欢，那就是他有一只眼睛，说清楚些，就是他的左眼，总是好像在微笑。

我无论如何不能长久相信，谢里万是怀着害人的恶意搞出这一切超自然的怪异现象的，而且我很爱思索关于他的事情。通常只要我一入睡，马上就会梦见，他原来是一个温和、善良、甚至是受了委屈的人。我还从来没见过他，也不会根据讲故事的人歪曲的描绘来想象他的面貌。可是只要我一闭上眼，就能看到他的眼睛。这是一双大眼睛，完全是淡蓝色的，而且非常善良。在睡梦中，我和谢里万的关系是友好而亲切的——我和他一道在森林里发现了许多形形色色的小洞，那里面藏着许多面包、油脂和孩子们穿得挺暖和的小皮袄。我们把这些东西掏出来，赶快跑着送到农村中我们熟悉的那些农舍里去，放到天窗上，敲一敲，好让人听见，出来望望，然后我们就跑开了。

这好像是我一生当中做过的最美的梦。我总是感到遗憾——只要我一醒来，对我来说，谢里万就又变成每一个善良的人都必须采取一切措施严加提防的强盗了。我得承认，我自己也不甘落后于他人。尽管在梦中我和谢里万的友情让人心里感到那么温暖，可是醒着的时候，我却认为，即使离他很远，也必须设法确保自己的安全。

为了这个目的，我用了不少阿谀奉承以及其他有失体面的办法。从带钥匙的女管家那儿要来了由她保存在储藏室里的一把很大的短剑，这是我父亲的一把古老的高加索短剑。我给它拴上一根从我叔叔的骠骑兵高筒军帽上摘下来的饰带，然后把这件武器巧妙地藏在床头上，压在我的褥子底下。要是谢里万夜间来到我们家里，我准会挺身出来和他作战。

无论是父亲，还是母亲，都不知道我这个秘密武器库，而这是完全必须的。不然的话，短剑当然会从我这儿拿走，那么谢里万就要让我无法安睡了，我毕竟是非常怕他的。而这时他已经到我们这儿来了，不过我们那些机警的使女们立刻就认出了他。谢里万竟敢变作一只火红色的大老鼠，来到我们家里。起初他只不过是夜间在食品储藏室里吵闹，后来有一次他下到一个用椴木凿成的很深的木桶里，桶底上放着留起来准备待客的香肠和冷盘，上面还盖着一个筛子。谢里万准是想在我们家里大闹一场，制造相当严重的麻烦——大概是为了对我们的农民们给他造成的损害进行报复吧。他跳到椴木桶的桶底上，挪开压在筛子上的石头，把所有的香肠吃了个精光。不过这样一来，他可怎么也跳不出这个高大的木桶了。根据一切情况判断，这一回谢里万可是罪有应得，无论如何也难逃法网了。手脚最快、绰号叫“贩子”的那个阿奴什卡自告奋勇前去执行对他的惩罚。她端着整整一铁锅开水，还拿着一根旧叉子走了过来。阿奴什卡有这样一个计划：先用开水把这个会变化的家伙烫伤，然后用叉子叉住，把这只死老鼠扔到野草丛里，去喂乌鸦。可是执行的时候，由于圆脸的阿奴什卡笨手笨脚，把开水溅到了“贩子”阿奴什卡的手上。她痛得丢掉了叉子，这时老鼠在她手指上咬了一口，以惊人的麻利劲儿顺着她的袖子跳了出来，使所有在场的人全都吓了一跳。后来便无影无踪了。

我的父母用平常的眼光来看待这件事情，认为逮老鼠的这一很不高明的结局是由于我们这些阿奴什卡的手脚太笨。可是我们这些了解这一事件的秘密原因的人，都知道事情绝不可能做得更好，因为这不是一只普普通通的老鼠，而是变化无穷的谢里万。然而我们不敢把这些话告诉大人们。我们都是忠厚、纯朴的人，我们怕让别人批评、嘲笑——为那些我们自己认为是毫无疑问，而且显而易见的事情。

不管变成什么，谢里万也不敢从前门进来——照我看，这是因为他对我的短剑已略有所闻。这既叫我感到得意，又叫我觉得遗憾。因为，说实在的，光听别人的议论和传闻，我已经听腻了，我心中产生了强烈的愿望，想亲自面对面地碰到谢里万。

后来这竟使我感到极端苦闷，就在这种闷闷不乐的心境中度过了整个漫长的冬天和它那数不尽的黄昏。而当春天最初的山洪暴发时，我们家发生了一件事情，它打乱了生活中的一切秩序，使不可遏止的热情危险地迸发出来，像春洪那样无拘无束地泛滥开了。

八

这件事情完全出乎意外，而且是很令人伤心的。就在春天冰雪消融，大地解冻，照民间的说法“一洼水会淹没一头牛”的时候，从远方姑妈的庄园里来了一个骑马的使者，带来了祖父病危这一极其不幸的消息。

在道路这么泥泞的时期，长途跋涉危险很大。但这并不能阻止父亲和母亲，他们立刻上路了。要走100俄里，而且只能坐普通大车，因为别的随便什么马车都根本无法通行。有两个骑手手持长竿护送大车。他们在前面走，探测路上积水的深浅。我和这个家留给一个由各个部门、各式人等组成的临时管理委员会照看。所有女仆，直至奥斯卡和罗斯卡，都归大阿奴什卡管辖，不过精神上的最高监督权托付给了管家太太杰敏季叶芙娜。我们的文化生活——遵守节日里和一个星期中每天的规矩——委托教堂执事的儿子阿波林纳里·伊万诺维奇照管，他以一个被宗教学校开除的修辞班[①]学生的身份，都已经快要升任我的教师了。他教我学拉丁文的变格法，按照一般做法，要让我事先有个准备，免得明年进奥廖尔中学一年级的时候，我完全像个野人，面对别留斯金的拉丁文语法和洛蒙德的法语课本会大吃一惊。

阿波林纳里是个世俗的青年，他打算去做“衙门里的官吏”，或者照现在的说法，就是去做录事，到奥廖尔省署去混个差事，他有个叔叔在那儿担任一项很有意思的职务。如果有哪个区警察局长或县警察局长没有执行某项命令，那么就派阿波林纳里的叔叔骑马“专程”前去问罪。他骑马不用花钱，除此以外，还从犯了过错的人那儿得到各种礼物和赠品。而且能大开眼界，见到许多不同的城市，形形色色的人物，大大小小的官吏和不同的风俗习惯。我的阿波林纳里也打算将来能获得这样的幸运，而且指望能远远超过他的叔叔，因为他有两种了不起的才能，在世俗间待人接物，这两种才能是颇能博得别人的欢心的。阿波林纳里会用吉他演奏两首歌曲——《姑娘在割荨麻》和更加难演奏的第二首《黄昏时分，在那阴雨连绵的秋天》。还有一种才能，当时在外省就更加少见了——他会作献给女士们的极其美妙的诗句，说实在的，就是为了这个他才被宗教学校开除的。

---

① 宗教学校里一年级是修辞班。

我和阿波林纳里尽管年龄不同，却像朋友似的，而且正如忠实的朋友理应做到的那样，我们彼此为对方严守秘密。在这方面他应尽的义务比我要少一些——我的全部秘密就是我褥子底下的那把短剑，我却必须把两项信托给我的秘密深深地隐藏在自己心里：第一项秘密涉及藏在橱里的一个烟斗，晚上阿波林纳里就用这个烟斗在炉子里抽一种又酸又甜的白色涅仁马合烟[①]；第二项就更加重要了，这是阿波林纳里为了纪念某一位“轻佻的普尔海丽娅”而写的诗。

诗好像写得很蹩脚，不过阿波林纳里说，要对它进行正确的评价，必须看到它给人留下的印象如何。如果读给一位温柔而又多情的女性听，而且读得好、读得很有感情的话。

在我们那种情况下，要想这么做是很困难的，甚至是有不可克服的困难，因为我们家里没有年轻的小姐。那些有时前来做客的成年小姐呢，阿波林纳里又不敢请她们做他的听众。因为他为人十分腼腆，而我们熟悉的小姐们当中，有许多人是很爱嘲笑人的。

需要迫使阿波林纳里想出了一个折中办法，这就是在我们的使女涅奥尼拉面前朗诵献给“轻佻的普尔海丽娅”的颂诗。因为涅奥尼拉在莫罗佐娃的时髦商店里待过，对城市里种种温文尔雅的风尚已经习以为常，照阿波林纳里看来，她应该具有领略诗歌之美所不可缺少的微妙感情。

由于我年纪还小，我的教师要对诗歌进行试验，我不敢向他提出什么忠告，不过我认为他要在这个做针线活儿的使女面前朗诵诗，是个冒险的想法。我自然是根据自己的看法来判断的，虽然我也考虑到，年轻的涅奥

---

① 涅仁是乌克兰的一个城市，马合烟是一种劣质烟草。这里是指涅仁出产的一种马合烟。

尼拉熟悉城市里的某些事物，可是她却未必能够理解像阿波林纳里歌颂普尔海丽娅时所使用的那种高尚的诗的语言。况且在这首献给“轻佻女郎”的颂诗里还有这样一些感叹词句:“啊,你这残酷无情的女郎!”或者像“你从我的眼前消失了吧!”以及诸如此类的句子。涅奥尼拉生性羞怯、腼腆，我真担心她会把这些话当成对她说的，因此必然会放声大哭，赶快跑开。

不过最糟糕的是，通常我们家里的规矩极严，因此修辞班的学生想出来的这场诗歌朗诵演习是根本无法实现的。无论是时间，还是地点，或者其他一切，都不利于让涅奥尼拉来听阿波林纳里的诗歌朗诵，做第一个鉴赏者。然而自从我的父母走了以后，家中没有主人，一切都发生了变化，于是修辞班的学生想要利用这个机会。现在我们忘掉了我们地位身份的一切差别，每天晚上都在玩扑克牌，阿波林纳里甚至在屋里公开抽他的涅仁马合烟，在餐厅里公然坐在我父亲的安乐椅上，这使我有点儿觉得不是滋味。除此以外，由于他一再坚持，我们曾经有好几次蒙起眼睛来玩摸瞎子的游戏，以致我和弟弟被碰得脸上青一块紫一块的。后来我们又玩捉迷藏，有一回甚至举办了一次有丰盛酒宴的正式联欢会。似乎这一切都是“不花钱的”，就像那时候一些轻率的纵酒作乐的人终日过着花天酒地的生活那样，我们由这个修辞班的学生带领着，也走上了这条毁灭性的道路。直到现在我也不清楚，是谁出的主意，从老鼠洞里（通常那里面的硬壳果都是最上等的）收集了整整一小口袋熟透了的榛子。除了硬壳果，还有用灰纸包着的三包金黄色的糖渍乳蘑、葵花子和无花果梨[①]。后面这种果子会粘手，而且粘得很牢，很难洗得干净。

---

① 一种无花果与梨杂交的水果。

因为大家都特别关心这果子，所以决定用玩方特[1]的办法来分配无花果梨。莫斯卡、奥斯卡和罗斯卡，因为她们的身份无足轻重，所以无花果梨根本就没分给她们。参加玩方特的有阿奴什卡，我和我的老师阿波林纳里——原来这是个很会出主意，点子很多的人。这一切都发生在通常只接待最尊敬的客人的客厅里。这时，在一心玩乐的乌烟瘴气里，阿波林纳里好像中了邪，忽然想出了一个更加大胆的计划。他想要在一个宏伟的、甚至是令人恐怖的、连最坚强的神经也会感到万分紧张的环境里，朗诵他的颂诗。他开始怂恿我们大家在下个星期天一道到谢里万森林里去采铃兰。晚上，当我和他睡下来的时候，他对我坦白地说，采铃兰只不过是个借口罢了，主要的目的是要在一个最可怕的环境里朗读他那首诗。

一方面是对谢里万的恐惧，另一方面是可怕的诗句引起的恐惧……这将会产生什么样的结果，而且是不是让人经受得住呢？

请想象一下，我们竟敢做这样的事。

在这个值得怀念的春天的晚上，我们大家兴致勃勃，想象我们都是些勇敢无畏的人，可以不顾死活玩一些大胆的把戏，而不会遇到任何危险。说实在的，我们人很多，而且不用说，我还要带着我那把很大的高加索短剑。

我得承认，我很希望旁人也都量力而为，尽可能武装起来，可是我没有看到任何人对此给予应有的注意和进行必要的准备。阿波林纳里只是带着他的长烟袋和吉他，使女们带的是支锅的三脚铁架、煎锅、几个装着鸡蛋的小锅和一口铁锅。打算用铁锅来熬黍米粥，在平底煎锅里煎鸡蛋。从

① 方特是一种游戏。参加玩的人要找到藏起来的一件东西，或猜出某一件事。找到或猜中了的，就赢了；找不到或猜不中的，就输了，要受罚。

这个意义上来讲，这些东西是很不错的，可是要防备谢里万万一会搞什么鬼把戏的话，这些东西却毫无意义。

而且说实在的，还有一些别的原因使我对我的同伴们感到不大满意，那就是——我没有感觉到他们也像我一样对谢里万那么认真地予以充分注意。他们也怕他，不过不知怎的却轻率地甚至敢于对他持批评的态度，大着胆子开他的玩笑。一个阿奴什卡说，她要拿上一根做馅饼用的擀面杖，就用这根擀面杖打死他。外号叫“贩子”的那个笑了，说她可以用牙咬他，这么说着故意露出她那两排白得耀眼的牙齿，还用它们咬断了一小段铁丝。这一切不知怎的都很不庄重，在这方面那个修辞班的学生比大家走得更远。他根本否定了谢里万的存在——他说，甚至从来就没有谢里万这么个人，他只不过是幻想的产物而已，就像希腊神话中的飞蛇和刻耳柏洛斯[①]以及诸如此类的东西一样。

那时候，我第一次看到人对事物的否认会导致什么结果。既然雄辩允许把荒诞无稽的飞蛇和为许多明显的事实一再证明确实存在的谢里万相提并论，那么还要雄辩干什么呢！

我没有向这种诱惑屈服，仍然坚信谢里万确有其人。甚至还不止于此——我深信，这个修辞班的学生由于不相信事实，必然会受到惩罚。

不过，要是并不认真对待这些抽象议论的话，到森林里去玩一趟倒是肯定会有许多乐趣的，所以谁也不愿硬让自己为可能遇到的事情事先做好准备。但同时，在我们就要去的这个所谓虎口一般的该死的树林里，理智却又使人不能不严加提防。

---

① 刻耳柏洛斯是希腊神话中看守地府的恶狗。

大家都只是在想，我们将怎样兴致勃勃地在树林里分散开，跑向四面八方。人家都怕到那里去，可是我们不怕。大家都在想，我们将怎样走遍那座危险的森林，互相呼唤，高声呼应着，跳过一个个土坑，一条条小沟，里面最后的残雪还正慢慢消融。而没有想到，当我们的最高领导回来的时候，对这一切是否赞同。不过我们是打算用最好的铃兰做两个大花束，放在妈妈的梳妆台上的。其余的铃兰都做成香水，在即将到来的整个夏天里，用它来做防止皮肤晒黑的上等化妆品。

九

急不可耐地等到星期天，留下管家太太杰敏季叶芙娜在家里料理家务，我们自己都动身到谢里万森林去了。全体人员一律步行，在比较干的、高高的地界上行走。那里已经绽出了第一批翠绿的小草，一辆套着一匹黄骠马的大车组成的辎重队在大道上跟着。大车上放着阿波林纳里的吉他和为防备下雨而带着的敞胸女短上衣。赶车的是我，罗斯卡和另外几个小丫头作为乘客，坐在后面，其中一个小心翼翼地把一小篮子鸡蛋夹在膝盖之间，另一个说来是在照管其他种种东西，不过最主要的是用一只手扶着我那把很大的短剑。短剑用一根我叔叔的骠骑兵旧帽穗斜挎在我的肩膀上，老是晃来晃去，相当碍事，总是在分散我的注意力，使我不能专心驾驭马匹。

使女们一面在地界上走，一面在唱歌——“我要翻耕土地吗，我是不是要种上大麻”，修辞班的学生用低音应和着。

碰见我们的农民都躬身行礼，并且问：

“上哪儿去呀?”

阿奴什卡们回答他们说：

“抓谢里万去。”

农民们摇摇头，说：

“疯了!”

我们也当真是处于一种让人晕头转向的气氛里，好像觉得有一种无法遏制的孩子气的需要控制了我们，不由得要跑、要唱、要笑，渴望不假思索地去做任何事情。

而同时，坐着大车在极坏的道路上走了一个小时，开始对我产生了不利的影响——那匹老黄骠马已经让我觉得腻烦了，想把缰绳抓在自己手里的那股热情也冷却了下来。但在不远的地平线上已经看到了呈暗蓝色的谢里万森林，于是一切又都活跃起来了。心在狂跳，而且隐隐作痛，就像瓦尔[①]进入德夫托布尔格密林时的情形一样。就在这时候，从已经解冻的田界后面跳出了一只兔子，它穿过大道，飞也似的跑过田野。

“呸，真该死!”阿奴什卡们在它后面高声叫喊。

她们都知道，碰见兔子从来就不是好兆头。我也胆怯起来，于是一把抓住我的短剑，不过因为全神贯注，只顾从生锈的剑鞘里往外拔剑，却没留心放开了手里的缰绳，而且完全出乎我的意料，不知怎的被扣到了翻过来的大车底下——伸着脖子到地界上去吃草的黄骠马把大车端端正正地翻了个四轮朝天，我和罗斯卡以及我们全部吃的东西都被扣到了底下……

① 瓦尔是罗马的统帅，曾在德夫托布尔格森林被日耳曼人打得大败。

一刹那间就发生了这场灾难，但它造成的后果却是无法估量的——阿波林纳里的吉他被摔得粉碎，打破的鸡蛋，蛋黄蛋清通通都流出来，弄得我们满头满脸黏糊糊的。罗斯卡还号啕大哭起来。

我心情沮丧，窘得要命，惊慌失措，不知如何是好，甚至希望最好不要把我们从车底下解救出来。但是我已经听到在努力解救我们的所有阿奴什卡们的说话声了，她们立刻用对我十分有利的方式来解释我们出事的原因。这跟我和那匹黄骠马毫不相干——这一切全是谢里万搞的。

这是为了阻止我们到他的森林里去而耍的第一个花招儿，然而谁也没有被这件事吓倒。恰恰相反，这只不过使大家十分气愤，反而增强了我们无论如何也要完成既定计划的决心。

只不过需要抬起大车，扶起我们来，找条小溪为我们洗净那些让人很难受的鸡蛋里的黏液。检查一下，看看翻车以后，我们带来准备白天享用的那些食品中，还有多少东西幸免于难。

这一切事情都勉强做完了。我和罗斯卡在流经谢里万森林的小溪边洗净了脸，当我的眼睛睁开时，我觉得周围这个世界已变得很难看了。小丫头们粉红色的衣服和我那件浅蓝色克什米尔呢子的新短棉袄已经不成样子。沾上的污泥和鸡蛋把衣服完全给弄坏了，不用肥皂是洗不掉的，可是我们却没带肥皂。铁锅和煎锅全摔破了，支锅的三脚架也摔散了，几只脚被摔得东一根西一根的，阿波林纳里的吉他只剩了一个琴颈，上面缠着一些琴弦。面包和别的干粮也都沾满了污泥。即使不算周围处处都能让人感觉到的其他危险，至少我们也受到了要挨一天饿的威胁。谷地里小溪上风在呼啸，黑压压、尚未换上绿色新装的森林在高声喧嚣，凶险地向我们挥动着它的树枝。

我们大家都泄了气，心情相当沮丧，特别是罗斯卡，她冷得发抖，放声大哭。然而我们还是决定向谢里万的王国进军，以后不管会出什么事，也都豁出去了。

无论如何，跟这回一模一样、分毫不差的事故反正是不会再来一次了。

十

大家都画过十字，于是开始进入森林。往里走的时候，都有点畏缩，犹豫不决，但每个人都不让别人看出自己的胆怯。大家只是商量好，要尽可能经常互相高声呼应。然而事实上这并没有多大必要，因为谁也没有进入森林深处，我们大家好像出于无意一再挤到森林边上，沿着森林边缘拉成了一条长线。只有阿波林纳里一个人比大家胆大一些，稍稍走进了密林深处——他关心的是找一个最僻静、最可怕的地方，好让他的朗诵尽可能给女听众们留下最可怕的印象。然而，阿波林纳里的影子刚一消失，突然，他的一声发狂般刺耳的尖叫响彻了整个森林。谁也无法想象，阿波林纳里遇到了什么危险，不过大家都扔下了他，转身冲出森林，跑到林间空地上，然后头也不回，继续顺着大路往家里跑去。所有阿奴什卡，还有莫斯卡她们，都这么跑掉了。我那位教师吓得一面继续高声大叫，一面跟着她们奔跑，而我和我的小弟弟却被孤单单地丢在了那儿。

我们这一伙人当中谁也没有留下。不但人，就连那匹马也学着人们残酷无情的样子，遗弃了我们。它被他们的喊声吓坏了，摇摇脑袋，掉转身离开了森林，飞也似的向回家的路上跑去，把至今还留在车上的一切都零零落落撒到了路上坑坑洼洼、高低不平的车辙里。

这不是撤退，而是一场彻头彻尾的、最丢脸的溃逃。因为在这场溃退中不仅丧失了全部辎重，同时还丧失了健全的理智，而且我们这些孩子们都被扔在那里，听天由命了。

天知道在这无依无靠、无人照管的处境中，我们会遭遇到什么样的事情。更加危险的是，我们自己不认得回家的路，加上我们的鞋子是精致的镶边软羊皮鞋，根本不适宜长途跋涉，何况在回家去的4俄里潮湿的小路上，有很多地方还积着一汪汪冷冰冰的小洼。除了这些不幸，在我和弟弟尚未充分意识到我们的处境有多么危险之前，森林里开始传出了低沉的隆隆声，随后，一阵寒冷的潮气从小溪对面向我们吹来。

我们朝谷地里望望，看到从那边，从我们的道路蜿蜒而去，我们的侍从们可耻地逃跑的那个方向，一大片雨云挟带着春雨和第一阵春雷从空中滚滚而来。每逢这种时候，年轻的姑娘们都要用银勺洗脸，好让自己的皮肤长得比银子还白。

发现自己处于这种绝望的境地，我真想放声大哭，而我的小弟弟已经在哭了。他冻得脸色发青，又怕又冷，浑身直打哆嗦，在灌木丛前低下头来，热烈地向上帝祷告着。

上帝好像听到了他的祈祷，给我们派来了看不见的救星。就在雷声轰鸣，我们已经失去最后一点儿勇气的时候，森林里面灌木丛后传来了噼噼啪啪的响声，一个脸盘宽大、我们不认识的庄稼人从一棵高大的榛树稠密的枝丫后面探出头来，向外张望。我们觉得这张脸是那么可怕，吓得我们尖叫一声，拼命向小溪跑去。

我们吓得魂不附体，跑过那片谷地，一个筋斗从潮湿的、崩塌下来的溪岸上飞了下来，径直落进齐腰深混浊的溪水里，同时我们的腿直到膝盖全部陷入了淤泥里面。

再往前跑是根本不可能的。再往前去，对我们这么矮小的身材来说，溪水太深了，我们不能指望渡过这条小溪。而且现在闪电不时在溪流中闪烁，可怕的闪光弯弯曲曲，活像一条条火蛇，颤抖着，扭动着，仿佛藏进了去年留下来的水草里。

到了水里，我们手拉着手，呆呆地一动也不敢动，而大滴大滴沉重的雨滴已经从天上向我们身上滴落下来。不过呆呆地一动不动倒保护了我们，没有遇到很大的危险，要是我们在水里哪怕往前再走一步，危险是无论如何也无法避免的。

我们很容易滑倒，跌倒在水里，不过幸而有两只青筋嶙嶙的黑手抱住了我们，那个从榛树后面怪吓人地向我们张望的庄稼人温柔地说：

“唉，看你们啊，傻孩子，钻到哪里去了！”

这么说着，他把我们抱过了小溪。

到了对岸，他把我们放到地上，从身上脱下用一颗小圆铜纽扣扣着领子的短袄，用它擦干了我们湿淋淋的腿。

我们惊慌失措地瞅着他，感到我们已经完全处于他的掌握之中了，可是怪了——他的面貌在我们眼里很快发生了变化。我们不但没有在他脸上看到任何可怕的地方，而且恰恰相反，我们觉得他的面貌十分慈祥，叫人看了感到非常可爱。

这是一个身材不高，但体格健壮的庄稼人，头发和嘴唇上面的胡子都已斑白，下巴底下的胡子揉成一团，也已经花白了。眼神活泼、机警而又严肃，但嘴唇上却好像挂着一丝微笑。

他尽可能用自己短袄的下摆擦净我们腿上的污泥，甚至微微一笑，又说道：

“你们那……没什么……别害怕……”

这么说着，朝四面环顾了一下，接着说：

“没什么，马上就要下大雨了！”那时他已经在往前走了，“孩子们，步行你们是走不到的。”

我们只是一声不响地哭着，算是对他的回答。

“没关系，没关系，别哭，我送你们回去！”他说，并且用他的手掌在我弟弟涕泪纵横的脸上抹了一把。这样一来，弟弟的脸上立刻出现了一些泥道道。

“你瞧，庄稼人的手多脏！”我们的救星说，又用手在弟弟的脸上朝另一边抹了一把。弟弟脸上的泥并没有因此而减少，只是另一边又被抹上了几条泥印。

“你们走不到的……我领你们去，可是也走不到，踩在泥里鞋子会掉下来的。”

“你们会骑马吗？”庄稼汉又问。

我鼓起勇气回答说：

“我会。”

“你会，那就好！”他说，一眨眼的工夫就把我举起来放到他的一边肩膀上，把弟弟放在另一边，叫我们在他后脑勺后边拉起手来，用他那件短袄给我们盖上，让我们的膝盖紧贴着他的身子。于是扛着我们，迈开大步，踩着污泥，迅速朝前走去。污泥很快变成泥浆，在他那穿一双大树皮鞋、步伐坚定的双脚下发出呱唧呱唧的响声。

我们蒙着他的短袄，坐在他的肩膀上。看起来这想必很像一个巨人，不过我们觉得很舒服——大雨淋湿了短袄，短袄变硬了，躲在它下面既干燥，又暖和。我们在这个驮着我们的人的肩膀上微微摇晃着，像骑着骆驼似的，不久就陷入一种昏昏沉沉的状态，等清醒过来时，已经来到我们庄园的泉水旁边了。对我来说，这是一场名副其实的酣睡，不是一下子就能睡醒的。我记得，这个庄稼人把裹着我们的短袄解开，这时候他已经被我们的阿奴什卡们包围了，她们都争着从他手里抢夺我们。一面夺，一面不知为什么很凶地骂他，还带着极端蔑视的神情把他那件曾那么舒适地保护过我们的短袄给扔到了地上。除此以外，她们还拿我父亲就要回来吓唬他。威胁说，她们这就要跑到村里去，叫婆娘们和庄稼汉们拿着打禾的链枷来赶他，放狗来咬他。

我一时弄不懂为什么要这么残酷，这么不公正地对待他。这毫不奇怪，因为现在在我们家里暂时居于统治地位的整个临时管理委员会已经串通一气，不告诉我们，我们应该感谢的、救了我们的这个人究竟是谁。

“你们没有什么要感谢他的，”女保护者们对我们说，“恰恰相反，这一切都是他干的！”

从这句话我立刻猜到了：救我们的并非别人，正是谢里万本人！

十一

事实的确如此。第二天，因为父母要回来了，所以向我们吐露了真情，而且让我们起誓，无论如何也不把我们遇到的事情告诉父亲和母亲。

在还有农奴的那个时期，有时地主家的孩子对具有农奴身份的仆妇们怀着最温柔的感情，愿意代他们严守秘密。我们也是这样。我们甚至在我们力所能及的范围内，在父母面前掩盖“自己人”的罪过和过失。许多描写那个时期地主家日常生活的作品都曾提到过这种关系。至于说我，我和我们家过去的农奴们在童年时的友谊，直到如今还构成我心中最愉快、最温暖的回忆。从他们身上，我们了解到农村中他们亲友们的一切艰难困苦和他们在贫困生活中所关心的一切，而且学会了怜恤人民。但可惜这善良的人民自己也并非永远都是公正的，有时竟会为了一些微不足道的事情，往别人脸上抹黑，败坏人家的名誉，毫不关心这会产生什么有害的影响。“人民”也就是这样来对待谢里万的，人们不愿认真了解他真正的性格和做人的原则，却毫不畏惧会在公理和正义面前犯罪，大胆地散布关于他的种种流言蜚语，使他在大家的心目中变成了一个怪物。而且令人惊讶的是，所有关于他的传言不仅好像是可能的，而且甚至还有一些明显的迹象，让人不得不认为谢里万当真是一个坏人，在他那僻静的住所附近真的在发生一些可怕的暴行。

现在，当那些负责保护我们的人责备我们的时候，情况也正是这样——他们不但把所有罪责全都推到了在雷雨中救了我们的谢里万身上，甚至还对他进行新的诽谤和攻击。阿纳林波里和所有的阿奴什卡都对我们说，阿纳林波里在树林里发现了一个很不错的小丘，在他看来似乎那是个很适于朗诵的地方，他穿过撒满去年凋落的树叶的谷地，向小丘跑去。可是在这里绊上了一件软绵绵的东西，这件“软绵绵的东西”在阿波林纳里脚下翻了个身，绊了他一跤。当他站起来的时候，看到这是一个年轻农妇的尸体。他仔细一看，看到女尸穿一件白色无袖长衣，上面绣着红花，而且……喉咙被割断了，还在往外淌血……碰到这样可怕的意外，当然会叫人大吃一惊，高声大喊了。正像他当时所做的那样。不过叫人无法理解，而且十分惊奇的是，我已经说过，阿波林纳里独自一个离开了大家，在比较远的地方，是他一个人在被害人的尸体上绊了一跤。可是所有的阿奴什卡，还有罗斯卡们全都赌咒发誓，说她们也看到了那具女尸……

"要不然，"她们说，"我们怎么会那么害怕呢？"

她们说，她们深信自己亲眼看到了谢里万森林里那具被害的女尸，看到她完全是一副农家打扮，衣服上绣着红花，被割断的喉咙里还在冒血……直到今天，我还相信她们并不是说谎。但这怎么可能呢？

因为我所写的并非杜撰，而是确实有过的事实，所以我应该在此停一停，再补充一句：这件事在我们家里一直是一个无法解释的谜。照阿波林纳里的说法，那具被人杀害，躺在一个土坑里，埋在树叶底下的女尸，除了阿波林纳里，别人谁也不可能看到她。因为除了阿波林纳里，谁也没有到过那儿。可是大家都发誓说，她们都看到了，好像一刹那间这一具尸体竟在许多地方同时出现在每一个人的眼前。除此以外，阿波林纳里是不是真的看到了这样一具女尸呢？未必，因为这件事是发生在正在解冻的时候，到处的雪还没完全融化。树叶从秋天起就被埋在积雪下面，然而阿波林纳里却看到那具女尸穿着洁白的绣花衣服，伤口里还在往外冒血……绝不可能有这样的事。然而大家都一再画着十字发誓赌咒，说他们看到了女尸——而且恰如上面所说的那个样子。而且后来大家都吓得夜里不敢睡觉，怕得要命，就像我们犯了罪似的。不久我就深信，我和弟弟也看到了那个被害的女人。这时我们大家都十分恐惧，最后只好把一切都告诉了父亲和母亲。父亲给县警察局长写了一封信去，他挎着一把很长的腰刀来到我们家里，在父亲的办公室里分别讯问了所有的人。县警察局长甚至两次把阿波林纳里叫了去，第二次对他进行了严厉地训诫，以致他出来的时候两只耳朵都烧得像火一样红，其中一只甚至流出血来。

这个我们大家也都看到了。

但不管怎样，我们这样信口开河，竟为谢里万带来了许多痛苦——对他进行了搜查，查看了他的整座森林，他本人也被羁押了很长时期，可是没有在他那儿找到任何可疑的东西，也没有发现我们看到过的那个被害妇女的踪迹。谢里万又回到了家里，但在舆论上这对他却毫无帮助。从此以后大家都知道他虽说没被抓住，却是个毫无疑问的凶手，简直不愿跟他发生任何关系了。为了不让我受那个想入非非的诗人的强烈影响，家人送我到一所“贵族寄宿中学”里去，在那种极为宁静的环境里，我开始学习普通教育所规定的学科。圣诞节临近，我该回家去的时候，要从谢里万的客栈附近经过，我在那里亲眼看到了一些十分恐怖的事情。

十二

由于谢里万的坏名声，我跟寄宿中学的同学们谈起我所知道的关于这个可怕的人的事情时，显得非常神气。在和我年龄相仿的这些中学生当中，还没有哪一个曾体验过我在他们面前夸口的那种恐怖情绪。现在当我又将从谢里万那儿路过的时候，没有任何人对此不感兴趣，或者漠不关心。恰恰相反，大多数同学都怜悯我，并且直截了当地说，他们可不愿意处在我的地位。也有那么两三个大胆的人羡慕我，并且吹牛说，他们很想面对面地碰到谢里万。但其中有两个人是出了名的吹牛大王，而第三个却用不着害怕任何人，因为用他自己的话来说，他祖母的古老的威尼斯戒指上有一块“孔雀石”，带着它能够“避邪免灾”[①]。我们家里没有这样的宝物，而且我圣诞节旅行时也不能坐自己的马车，而是和我姑妈一起回去。她刚好在圣诞节节期之前卖掉了奥廖尔城里的一幢房子，得到了3万卢布，要到我们那儿去，想在我们那个地区买一座庄园，我父亲早就在为她打听这座庄园的价钱了。

使我感到遗憾的是，不知由于什么重要事务，姑妈上路的准备工作耽搁了整整两天，我们动身刚好是在圣诞节前夜的那天早上。

我们坐一辆三套马的蒲席篷车，赶车的是斯皮里顿，还带着一个年轻的听差鲍里斯卡。车上坐着姑妈、我、我的表弟、小表妹和保姆柳葆芙·季莫菲叶芙娜。

如果拉车的马不错，路也好走，那么从奥廖尔到我们那个小村子五六个钟头就能到了。我们在下午两点到了克罗梅县城，停留在一个熟识的商人那儿，好喝杯茶，喂喂马。习惯上我们都要在这里停留一下的，而且我那个还在襁褓里的小表妹也需要停下来，去上上厕所。

天很好，几乎像是解冻时的天气。但在我们喂马的这阵子里，开始有点儿冷了，后来就“烟雾弥漫起来”，也就是说，一阵小雪扫过了地面。

姑妈沉吟不决，是不是等一等呢。还是恰恰相反，毫不迟延，赶快动

① “孔雀石”或“孔雀玉”，是一种有孔雀羽毛色调的发光蓝宝石，在古代认为它是救命的护身符。伊凡雷帝有一个这样的护身符，也是嵌在戒指上，或者照古代的说法嵌在“指环”上。“镶宝石的金指环上嵌有孔雀石，中有混浊处，状似气泡。”（原注）

身，好赶在暴风雪来临以前，到达我们家里。

只剩下二十俄里稍多一点儿的路程了。车夫和听差都想和亲友们一道过节。他们肯定地说，只要不再耽搁，赶快动身，我们就能顺利地赶到家。

我和姑妈的愿望也跟斯皮里顿和鲍里斯卡的不谋而合。谁也不愿意在外人家里，在克罗梅过节。加上姑妈疑心很重，神经过敏，现在又随身带着这么大一笔现款。钱装在一个红木小匣里，外面套着个绿色粗呢套子。

带着这么一大笔财富在外人家里过夜，姑妈觉得很不安全，于是她决定听从我们忠实的仆人们的忠告。

三点一过，我们的篷车就套好了，于是我们驱车从克罗梅向分裂派教徒们居住的高尔切瓦村驶去。可是刚刚从冰上过了克罗梅河，我们就感觉到，突然间好像空气不足，以致呼吸不畅。马跑得很快，不时打着响鼻，摇晃着脑袋——这是十分明显的迹象，说明它们也感到空气不足。同时马车风驰电掣，跑得特别轻快，就像有人从后面推着它似的。风在我们背后，似乎是在驱赶着我们加速驶向某一预先确定的界线。但不久路上如带的车辙就开始变得“若断若续”，路上已经出现一堆堆松软的雪堆，而且越来越频繁地碰到它们。最后，那种如带的辙迹终于完全看不见了。

姑妈忧心忡忡地从篷车里向外张望，想要问问车夫，我们走的路对不对。可是立刻向后一仰，又坐下了。因为一阵冰冷的雪粉迎面猛扑过来，我们还没来得及把我们的仆人从车夫座上叫到跟前，已经纷纷扬扬，下起了鹅毛大雪。霎时间天空一片乌黑，我们已经落到真正的暴风雪的掌握之中了。

十三

往回走，到克罗梅去，和往前去同样危险，甚至也许更危险些。因为我们后面有一条河，河上离城不远的地方有几个冰窟窿，在暴风雪中我们很可能看不清它们，掉到冰底下去。而往前去，直到我们那个小村庄都是平坦的草原，只是在离城六俄里多的地方有一座谢里万森林，在暴风雪中森林并不会增加危险，因为在森林里风雪照理要小一些。而且森林深处并没有行车的道路，道路是从森林边缘通过的。森林对我们只能是一个有益的标志，说明我们在回家去的路上已经走过了中途，因此车夫赶马赶得更起劲了。

路越来越难走，雪越积越厚，以前滑木下那愉快的辚辚声已经听不见了。恰恰相反，现在篷车是在松软的积雪上爬行，不久就开始东倒西歪地颠簸起来。

我们的心情已无法保持平静，越来越频繁地向听差和车夫探问我们的处境，而他们给我们的回答总是含含糊糊，一点儿也没有把握。他们竭力要让我们相信，我们是安全的。可是，显而易见，连他们自己也没有这样的信心。

马车向前疾驰，斯皮里顿的鞭子越来越频繁地抽打着马匹，跑了半个小时以后，我们高兴地听到了一声呼喊：

“瞧，看到谢里万森林了。”

“还远吗？”姑妈问。

“不，这就要到它跟前了。”

也该到了。我们从克罗梅出发已经走了将近一个钟头了，可是又走了足足半个钟头——我们仍然在走，鞭子仍然越来越频繁地抽打着马匹，森林却看不到。

“这是怎么回事？谢里万森林在哪儿呢？”

车夫座上什么也没回答。

“森林在哪儿呢？”姑妈又问了一遍，“已经过去了吗，还是怎么的？”

“不，还没过去，”斯皮里顿闷声闷气地说，好像是从枕头底下回答。

“这是怎么回事？”

没人作声。

“你们到这儿来！停下，停下！”

姑妈从车帘后面向外望了望，绝望地拼命大喊一声“停下”，随即向后一仰，倒进篷车，一大团白云似的雪花也跟着她冲进车内。雪花受风力影响，没有立刻落下来，还在翻腾着，就像一群正在飞舞的苍蝇。

车夫让马停了下来，他做得很对，因为它们的肚皮一起一伏，很快地扇动着。累得摇摇晃晃，简直都站不稳了，要是这时候不让它们稍微喘一口气，这些可怜的牲口大概就要倒下去了。

“你在哪儿？”姑妈问从车上下来的鲍里斯。

他已经叫人认不出了。站在我们面前的不像是人，而是一根雪柱子。鲍里斯的狼皮大衣领子朝上竖着，还拿块什么破布缠在上面。这些东西上面落满了松软的雪花，粘成一团。

鲍里斯对道路并不熟悉，他怯生生地回答说，我们好像迷路了。

“叫斯皮里顿到这儿来。”

呼喊是不可能的。暴风雪堵住了大家的嘴，只有它独自在广漠的空间无情地咆哮，用使人毛骨悚然的声音哀号。

鲍里斯爬上车夫座，想要伸手去拉斯皮里顿，可是……在他又站到篷车之前，这却让他花了很长时间，他解释说：

“斯皮里顿不在车夫座上！”

“怎么不在！他去哪儿呢？”

“我不知道，大概是下去找车辙去了。请让我也去。”

“噢，天哪！不，用不着，你别去。要不然你们俩全不见了，我们可都要冻死了。”

听到这句话，我和表弟都哭了。不过就在这一瞬间，马车旁边，紧挨着鲍里苏什卡又出现了另一根雪柱子，更粗更大，也更加可怕。

这是斯皮里顿，他把一个备用的、用椴树韧皮编的蒲包戴到了头上，蒲包围着他的脑袋，上边落满了雪，外面结了一层冰。

“你在哪儿看到树林了，斯皮里顿？”

“看到了，夫人。”

“现在它在哪儿呢？”

“现在也看得到。”

姑妈想要看一看，可是什么也没看见，一切都是黑乎乎的。斯皮里顿坚决地说，这是因为她“没看仔细”。不过他老早就看到，有一片黑压压的树林子，但……只不过糟糕的是，我们朝它那儿走，它却在离开我们。

“这一切，信不信由您，都是谢里瓦什卡[①]干的。他是在领我们到什么

① 谢里瓦什卡是对谢里万的卑称。

地方去。”

听到我们在这么可怕的时刻落到了谢里瓦什卡这个坏蛋的手里，我和表弟哭得更响了。但姑妈本是个生在农村的小姐，后来又做了团长太太，她可不像那些没经历过种种苦难的城里的夫人们那么容易惊慌失措。姑妈既有经验，又有本事，全靠她的经验和手段才把我们从十分危险的处境里救了出来。

十 四

我不知道，姑妈是不是相信谢里万有害人的妖法，但她清清楚楚地考虑到，现在我们要想得救，最重要的是不能让我们的马跑得筋疲力尽。如果马匹疲惫不堪，站住不动了，而天气却越来越冷，那么我们必死无疑。暴风雪会使我们窒息，严寒会把我们冻僵。不过，如果马匹还能至少保存一点儿力气，还能勉强一步一步慢慢地朝前走，那么就可以希望——在迎风行走时，马会自己设法走到大路上去，把我们拉到个有人烟的地方。即使这是谷地里一间盖在鸡脚上[①]的没生火的农舍也罢，但至少暴风雪不会在屋里猖狂肆虐，也不会再有马匹每次努力挪动它们那疲惫不堪的腿时，那种一拉一挣的感觉了……但愿能在那儿睡一睡……我和表弟困得要命。就这方面来说，我们当中只有小表妹一个人是幸福的，她裹着一件暖和的兔皮小袄，睡在保姆的怀里。可是不让我们两个睡着。姑妈知道，这是很

---

① 俄罗斯民间故事中，女巫的房子是盖在鸡脚上的。这里的意思是随便把他们拉到哪里都好。

可怕的，因为睡着的人很快就会冻僵。我们的处境每一分钟都越来越坏，因为马已经几乎走不动了，坐在车夫座上的车夫和听差也开始冻得手脚僵硬，话都说不清楚了。姑妈已经不再注意我和表弟，我们互相偎依着，一下子就睡着了。我甚至做了一些愉快的梦——夏天，我们的花园，我们家里的人，阿波林纳里。突然这一切跳到了采铃兰的那次郊游，到谢里万那里去，也不知我是听到有人在谈论他呢，还是只不过是想起了什么。一切都搞乱了……以至于无论如何也弄不清，什么是梦见的，什么是真实的事情。觉得很冷，听到风的哀号声，篷车顶上的蒲席混浊的、啪嗒啪嗒的响声，突然谢里万就站在我的眼前，肩膀上披着长袍，伸向我们的一只手里拿着一盏灯笼……这是幻象，梦境，还是幻想中的情景？

但这既不是梦境，也不是幻想，而是命运当真要在这个可怕的夜晚把我们带到谢里万的可怕的客栈里去，我们不能在任何别的地方寻求脱险的办法，因为这周围附近没有别的人家。而同时我们还带着姑妈的那个小匣子，里面放着她的三万卢布，也就是她的全部财产。怎么能带着这么一大笔诱人的财富，住在一个像谢里万这样可疑的人家里呢？

当然，我们是完了！而且只能进行选择——在暴风雪中冻死呢，还是丧生于谢里万和他凶恶的帮手们的刀下，这两样哪一样更好一些？

十 五

就像在黑暗之中电光一闪，在这极其短暂的瞬间，眼睛突然同时分辨出许许多多事物来那样，在谢里万的灯笼照着我们的时候，我看到了我们这辆苦难重重的马车上所有人脸上的恐惧神情。车夫和听差差点儿没有跪倒在他的面前，低着头呆若木鸡。姑妈猛朝后一仰，好像是想要压坏马车上的靠背。保姆把脸伏在抱着的婴儿身上，突然自己也缩得似乎跟婴儿差不多大小了。

谢里万一声不响，默默地站着，不过……在他那并不漂亮的脸上，我没有看到丝毫恶意。现在他看起来只是好像比那次把我扛在肩膀上送我回去的时候更加聚精会神。他向我们扫视了一眼，轻轻地问：

“烤烤火，好吗？”

姑妈比旁人更快地恢复了常态，回答他说：

“是啊，我们冻坏了……救救我们吧！”

“愿上帝拯救我们！请进来吧——屋里生了火了。”他从门槛上下来，用灯笼照亮了车篷里面。在仆人们、姑妈和谢里万之间，时而匆匆交换几句不连贯的、很简短的话。从我们这一方面的话里流露出对主人的不信任和恐惧，从谢里万的话里则流露出某种十分含蓄的庄稼人的讥讽，而且大概也有些不信任的语气。

车夫问：

“有喂马的饲料吗？”

谢里万回答：

“找找看吧。”

听差鲍里斯打听是不是还有别的客人。

“进去就看到了。”谢里万回答。

保姆说：

“住在你这儿不害怕吗？”

谢里万回答：

“害怕，那就别进来。”

姑妈叫他们别作声了，尽可能悄悄地对他们说：

“算了，别斗嘴了——反正这没有什么用处。再往前走是不可能的，只好听天由命了。”

这么互相交谈着的时候，我们来到了一间用木板在宽敞的农舍里隔开的房间里。最先进去的是姑妈，鲍里斯跟在她后面，把她的小匣子送了进去。随后我和表弟、保姆也都进去了。

小匣子放到桌子上，在它上面放了一个淌着油的洋铁烛台，上面插着一小段蜡烛头，大概够点一个钟头，不会再久了。

姑妈凭她那应付实际问题的机灵劲，立刻注意到了这件东西，也就是说这短蜡烛。

“首先，”她对谢里万说，“老爷子，请你给我拿一支新的蜡烛来。”

“这不是蜡烛吗。”

“不，你给我一支新的，一整支！”

“新的，一整支？”谢里万反问，一只手撑在桌子上，另一只手撑在小匣子上。

“赶快给我一支新的，一整支蜡烛。”

“你要一整支干什么？”

“这不关你的事——我不是很快就睡下来的。说不定暴风雪会过去——我们就要走的。”

“暴风雪不会过去的。”

“好吧，反正一样，蜡烛我会给你钱的。”

“我知道你会给钱，可是我没有蜡烛。”

“你去找找看，老爷子！”

“用不着去找，干吗要白找呢！”

突然一个极其微弱的、尖细的声音从隔板后面插进来，参加了这场谈话：

“大娘，我们没有蜡烛。”

“这是谁在说话？”姑妈问。

“是我老婆。”

姑妈和保姆的脸上稍微露出了一点儿笑容。附近有一个妇女，这似乎是值得赞许的。

“她怎么啦——有病吗？”

“有病。”

“什么病？”

“有病啊。你们睡吧，蜡烛头灯笼里要装上用用，得把马牵进来。”

不管跟谢里万怎么讲，他还是坚持他的意见。就是说，他一定要用这个蜡烛头，他答应以后再把它拿回来，不过暂时先把它拿走，然后就出去了。

谢里万是不是履行了把蜡烛头送回来的诺言，这个我没有看见了，因为我和表弟又睡着了，不过有什么事情老叫我感到惊惶不安。睡梦中我不时听到姑妈和保姆叽叽咕咕地小声说话，而从这些低语声中最常听到的一个词是“小匣子”。

显然保姆和我们的仆人都知道，这个小匣子里藏着一大笔宝贵的财富，而且大家都发觉，从最初时起，小匣子就引起了我们这个靠不住的店主人贪婪的注视。

富于生活经验的姑妈看到，显而易见，必须听从环境支配，但也立刻做出了在这种危险情况下需要做出的相应的决定。

为了不让谢里万杀死我们，决定谁也不睡。吩咐把马从车上卸下来，不过不要取下它们脖子上的套包子，而且吩咐车夫和听差两个一道坐在马车里面——谁也不要离开谁，因为谢里万会把他们一个一个地杀掉，那么我们就将孤立无援了。到那时他当然也会杀死我们，然后把我们大家通通埋到地板底下，而那儿本来就已经埋着很多他的暴行的牺牲者了。车夫和听差不能和我们一起待在屋里，因为那样的话谢里万要么将割去辕马马轭上的皮环，让我们无法套车，要么他就把那二三匹马全交给他那些暂时躲在别的什么地方的同伙了。如此一来，我们就将无车可坐，也无法逃命了。其实暴风雪很可能不久就会平息下来，到那时车夫就可以开始套车，鲍里斯会在墙上连敲三下，我们大家立刻跑到院子里去，坐上车，马上动身。为了时刻做好准备，我们大家谁也没脱衣服。

我不知道，对于其余的人，时间是过了很久呢，还是很短。但对我们两个睡着了的男孩子来说，时间却是在飞也似的逝去，简直是一眨眼的工夫，就突然被极其可怕的情景惊醒了。

十 六

我觉得闷得要命，憋得喘不过气来，所以就醒了。我睁开眼，简直什么也看不见，因为周围一片漆黑，只在远处有个什么东西好像在发出黯淡的微光，这显然是窗子。不过，正像在谢里万的灯光下，我一下子看到了在那个可怕的场合里所有在场人的脸，现在我也是同样在一刹那间记起了一切——我是什么人，我在哪里，我为什么会在这儿，在父亲家里谁是我可爱的亲人——我开始感到可怜一切事物和所有的人，我感到伤心，觉得可怕，我想大声叫喊，但这是不可能的。我的嘴被人用一只手紧紧地堵住了，耳边一个战战兢兢的声音悄悄地对我说：

“别出声，一声也别响，别出声！咱们完了，就要闯进来了。”

我听出这是姑妈的声音，于是握了握她的手，表示我懂得了她的要求。

可以听到，通穿堂的房门外面有一阵阵沙沙的响声……有人轻轻地一步一步慢慢走来，并且用手在墙上摸索着……显然，这个恶棍正在寻找，可是无论如何也找不到房门……

姑妈紧紧搂住我们，悄悄地低声说，老天爷还可以帮帮我们的忙，因为她在门边构筑了工事。但就在这一瞬间，说不定正是因为我们小声说话和吓得发抖暴露了自己，在木板那边，就是当谈到蜡烛时谢里万的老婆所在的那一半房间里，有一个人跑了出来，扭住那个悄悄走近我们房门的人，打起架来，两人一起要往里闯。房门噼噼啪啪地响了起来，姑妈搬过去堵门的桌子、长凳和箱子通通都飞到了我们脚边，突然敞开的房门里露出了鲍里苏什卡的脸，谢里万一双强壮有力的手掐着他的脖子……

看到这个情景，姑妈对谢里万大喊一声，冲到鲍里斯跟前。

“妈呀！上帝救命。”鲍里斯声音嘶哑地说。

谢里万放开了手，站在那儿。

“赶快，赶快离开这儿!”姑妈说，“我们的马呢?”

“马在台阶旁边。妈呀，我刚想来叫你们……可这个强盗……上帝救命，妈呀!”鲍里斯嘟嘟囔囔，急急匆匆地说，一面拉住我和我表弟的手往外走，不管碰到什么，就顺手抓了带着。

大家一下子冲出房门，跳上马车，风驰电掣地疾驰而去，马在拼命地奔跑，能跑多快，就跑多快。看来谢里万给搞得十分尴尬，在后面目送着我们。他显然知道，这是不可能没有后果的。

现在外边天已经亮了。我们前面，在东方燃起了寒冷的、圣诞节的红霞。

十 七

最多走了半个钟头，我们就到家了，在这段时间里我们不住嘴地谈论着我们可怕的经历。姑妈、车夫和鲍里斯，大家互相打断别人的话，不停地画十字，为了我们令人惊异的得救感谢上帝。姑妈说，她一夜没睡，因为她好像不断地听到有人几次走近房门，试着把门推开。这就促使她不管随手抓到什么，都拿去堆在门口。她也听到隔板那边，谢里万可疑的低语声。她好像觉得，他曾经不止一次轻轻地打开自己的房门，走到穿堂里，轻轻地试一试我们的门把手。这一切保姆也都听到了，虽然照她自己说的，她睡着了那么几分钟的光景。车夫和鲍里斯看到的比谁都多。车夫担心那几匹马，他一分钟也没有离开过它们。不过鲍里苏什卡曾不止一次走近我们的房门，每次他一走近，谢里万立刻就从他自己的房门里出来了。当黎明前暴风雪平息下来以后，车夫和鲍里斯轻轻地套好了马，自己打开大门，轻轻地把车赶了出来。可是当鲍里斯仍然那么轻轻地又走近我们的房门，要把我们领出来的时候，这时谢里万看到他到手的猎物就要逃出他的手心，于是朝鲍里斯猛扑过去，想要掐死他。上帝保佑，当然啦，他没能得逞，现在他已经不能像以前那样，把一切都推个一干二净，而仅仅受到怀疑了。他的罪恶意图太清楚、太明显了，而且这一切不是只发生在两个人之间，而是有六个人可做见证。这六个人当中，姑妈一个人的作用就抵得上好几个人，因为在全城里她被公认是一个聪明人，而且别看她只有中等社会地位，可省长却常去拜访她，那时候我们的县警察局长所以能享受家庭幸福，就是全靠她给安排的。只要她说一句话，他当然会根据最新的踪迹立即着手进行侦察，那么谢里万也就难逃一死。他本来想要套到我们脖子上的绳索，准会套到他自己的脖子上去了。

似乎大局已定——一切都会导致立即替我们向谢里万进行报复。为他要杀害我们，谋财害命，对他进行惩处。

快到家的时候，在山顶上泉水那边，我们遇到了一个骑马的小伙子，他一看到我们，高兴得不得了，一个劲儿地用脚踢他坐骑的肋部，还在老远就摘下帽子，飞也似的跑到我们跟前。他容光焕发，向姑妈报告说，我们让家里所有的人感到多么惊惶不安。

原来父亲、母亲和家里的人也都一夜没睡，大家认为我们一定会回来，所以都在等着我们。傍晚刮起了暴风雪，大家都很担心——我们是不是迷路了，或者是不是遇到了什么别的不幸呢——在坎坷不平的道路上，可能会折断车辕，也可能遇上狼群……父亲派了好几个人骑着马，打着灯笼去迎接我们。可是暴风雪从他们手里刮跑了灯笼，吹灭了它们。而且不管是人，还是马，无论如何都不能离开家门。人骑在马上很久很久在原地踏步，他一直觉得，好像是在迎着暴风雪前进。可是突然停下来了，马连一步也不肯再走了。骑马的人硬逼着它走，虽然他自己被风刮得气都透不过来，马却一动不动……骑马的人爬下来，想要拉住缰绳，牵着畏缩不前的牲口走，可是突然大吃一惊，发现他那匹马的前额抵在马厩或草棚的墙上……那些被派去进行侦察的人中，只有一个走出去稍远一些，而且当真在路上遇到了行人，这就是马具匠普罗霍尔。给他骑的是一匹拉边套的前导马，它用牙齿紧紧咬住嚼子，使嚼铁碰不着它的嘴唇，因此你要勒住它，它却毫无感觉。它驮着普罗霍尔跑进了真正的暴风雪的地狱，而且尥着蹶子，把头弯到前腿的膝盖之间，跑了很长时间，直到最后在这样一次急转环骑中，马具匠一个筋斗飞越过马头，整个儿落进一个奇怪的活人堆里，而这些人一开始就对他一点儿也不友好。接下来，他们当中有一个人立即照着他的脑袋给了他一拳，另一个狠揍他的背脊，第三个用脚踢他，而且推过来一个什么冷冰冰的、让人觉着很不舒服的金属东西。

普罗霍尔是个精明小伙子。他知道，他准是遇上什么非同寻常的生物了，于是发狂般高声大叫起来。

大概他所感到的恐惧使他的声音具有特殊力量，他的喊声立刻就被听到了。为了搭救他，就在那儿，在离他三步远的地方，出现了"一点儿火光"。这是摆在我们厨房窗户上的灯光。县警察局长、他的办事员、送信的勤务兵和车夫以及陷在雪堆里的三套马车上的马匹，都躲在这厨房的墙根底下避风。

他们也迷了路，到了我们厨房这儿，还以为是在哪儿的牧场上，躲在一个干草垛旁呢。

把他们从雪堆里扒了出来，有的人被请进了厨房，有的人被请到了上房里。现在县警察局长正在那儿喝茶，准备赶在家里人一觉醒来，发现经过这样一个暴风雪的夜晚，他没有在家而为他担惊受怕之前，就回到城里去。

"啊，这可太好了，"姑妈说，"现在最需要的就是县警察局长。"

“是啊！他是一位有本事的老爷，他准会给谢里瓦什卡点厉害瞧瞧！”人们附和说。于是，我们赶着马车疾驰。当我们的马车风驰电掣般跑到家时，县警察局长的三套马车还在我们的台阶旁边停着。

马上就要将一切都告诉县警察局长，再过半个钟头，强盗谢里万就将要被他抓起来。

十八

我们在路上的种种遭遇，特别是在谢里万的强盗窝里，他想杀害我们，鲸吞我们钱财的那段经历，使我父亲和县警察局长大吃一惊。

幸好这时谈到了金钱。一提到钱，姑妈立刻高声说：

“啊唷，我的天哪！我的小匣子呢？”

真的，这个小匣子和那里面的3万卢布在哪儿呢？

您瞧，它不见了！是的，是的，就只有这个小匣子既不在屋里那些已经拿进来的东西当中，也不在篷车上。一句话，哪儿也没有……小匣子显然是丢在那儿了，现在——已经落到了谢里万的手里……或者……说不定还在夜里他就已经把它偷走了。不是吗，他要这么做是完全可能的——他作为那儿的主人，对他那间糟糕透顶的房子里每一条缝隙当然都了如指掌，而他那儿这种缝隙大概是不少的……他屋里可能有块掀得起来的地板，隔板上也可能有块活动木板。

对侦察盗匪案件颇有经验的县警察局长刚一说出后面这种情况，即：有块活动木板，谢里万可以在夜里轻轻地挪开它，通过暗门偷走那个小匣子。这时姑妈立刻用双手捂住自己的脸，倒在安乐椅里。

因为对自己的小匣子不放心，她正是把它藏到了旮旯里一条长凳底下，而那条长凳就正靠着把我们住宿的房间和谢里万夫妻住的那一半房间分隔开来的隔板。

“瞧，这就是了！”县警察局长为他经验的丰富和推测之正确感到十分高兴，大声地说，“您自己把您的小匣子放到了他的跟前！……不过我还是觉得奇怪，为什么你们临走的时候，不论是您，还是您的仆人们，谁也没有发觉它不见了呢？”

“唉，我的天哪！那时候我们是那么害怕！”姑妈呻吟着说。

“这话说得不错，一点儿也不错，我相信您。”县警察局长说，“你们的确有理由感到害怕，不过毕竟是……这么大的数目……这么一大笔钱。我这就去，坐上车很快跑到那里……他大概已经躲到什么地方去了，不过他逃不出我的手心！这是我们的幸运，大家都知道他是个贼，大家都不喜欢他，谁也不会把他藏起来的……不过，现在他手里有了钱……他可以分给别人……要快着点……要知道，人都是骗子……再见，我走了。请您放心，吃点药水……我熟悉他们做贼的天性，我向您担保，一定会捉住他。”

于是，县警察局长佩上他的腰刀，这时突然听到前厅里的人们中间一阵异常的骚动，接着……谢里万手里捧着姑妈的小匣子，很吃力地喘着气，迈过门槛，走进了我们所在的那间大厅。

大家一下子跳了起来，一动不动地站在那儿……

“小箱子忘了，请收下吧。”谢里万声音喑哑地说。

别的他什么也不能说了。因为一路上走得太快，也许还因为心里极端激动，他已经完全喘不过气来了。

他把小匣子放到桌子上。不等任何人让坐，自己就坐到椅子上，低下头来，垂下了双手。

十九

小匣子完好无损。姑妈从脖子上摘下钥匙，打开小匣，高声惊呼：

“一切，一切都没动过！”

“没动过，”谢里万轻轻地说，“我一直跟着你们跑……想赶上……没能追到……请原谅我在你们面前坐着……喘不上气来了。”

父亲第一个走到他跟前去，拥抱了他，吻了吻他的头。

谢里万一动不动。

姑妈从小匣子里取出两张一百卢布的票子，要塞进他的手里。

谢里万仍然坐着，看着，仿佛什么也没弄懂。

“给你，你就拿着。”县警察局长说。

“为什么？用不着！”

“为了你诚实地保护并且送回了遗忘在你那儿的钱。”

“要不该怎样呢？难道要不诚实吗？”

“啊，你……是个好人……你没想到过要瞒下人家的东西。”

“瞒下人家的东西！……”谢里万摇摇头，又加上了一句：“我不需要人家的东西。”

“不过你不是很穷吗，拿着这点钱去添补添补吧！”姑妈亲切地对他说。

“拿着吧，拿着吧，”我父亲劝说他，“你有收下它的权利。”

“什么权利？”

于是跟他讲到有这样的法律，根据法律，任何一个人找到别人丢失的东西，并把它归还原主，就有权得到所拾到的东西的三分之一。

“这是什么法律。”他回答，一面又推开姑妈拿着钞票的那只手，“靠别人的不幸发不了财……用不着！再见！”

他站了起来，想要再回到他那被败坏了名誉的小客栈去。但父亲不放他走，他把他领进自己的书房里，锁上房门，和他在那里谈了一个钟头，然后吩咐套上雪橇，送他回家。

一天以后，这件事城里和附近一带都知道了。过了两天，父亲和姑妈到克罗梅去，途中停在谢里万那里，在他屋里喝了茶，还给他妻子留下了一件皮袄。回来的路上，他们又去看望他，又送去了一些礼物——茶叶、糖和面粉。

他收下这些东西时十分客气，但并不乐意，他说：

“这是干吗呢？现在已经一连三天有客人到我这儿来了……有了进项……不愁吃了……现在人们已经不像从前那样怕我们了。”

节日以后，家人送我回寄宿中学去的时候，又给谢里万带去了一包东西。我在他那里喝了茶，一直瞅着他的脸，心里在想：

“他的脸多么好看，多么善良！为什么我和旁人那么久都觉得他好像是个怪物呢？”

这个想法一直萦绕在我的心头，使我的心情无法平静下来……不是吗，这还是同一个人，就是那个在大家看来是那么可怕，都认为是巫师和恶棍的人。而且那么长时间里，一切迹象都好像证明了他是在搞害人的阴谋，干害人的坏事。为什么他突然又变得这么好，这么可爱了呢？

二十

在我的童年时代，就某方面来讲，我是十分幸福的。给我上最初几堂宗教课的是一位很好的基督教徒。他是奥廖尔的叶菲姆神父，我父亲的好朋友，也是所有孩子们的朋友，他善于教会他们爱真理和仁慈。关于圣诞节之夜我们在谢里万那里遇到的情况，我什么也没有讲给我的同学们听，因为这些事情里没有任何可以夸耀我勇敢的东西。恰恰相反，别人倒很可能嘲笑我的恐惧，不过我把我的冒险故事和我的疑惑全都坦白地告诉了叶菲姆神父。

他用手抚摩着我，说：

“你很幸福。在圣诞节那天，你的灵魂好比圣子降生的马槽，他来到大地，正是为了替不幸的人们受苦受难。耶稣为你照亮了黑暗，而愚民们的胡说八道包围了你的想象力。怪物不是谢里万，而是你们自己——是你们对他的疑心，疑心不让任何人看到他善良的心。你们觉得他的脸好像是可疑的，那是因为你们的眼睛什么也看不见。要仔细看清这件事情，以免下一次再做这样的盲人。”

这是一个聪明的好的忠告。在我这一生以后的岁月里，我和谢里万亲近起来，并有幸看到，他怎样变成了大家都喜欢，大家都尊敬的人。

在我姑妈新买的庄园里，通行大道旁边有一个很不错的客栈。她让谢里万来经营这家客栈，讲定的条件对他十分有利，谢里万接受了，他就住在这家客栈里，直到终其天年。这时，我那遥远的童年的梦境已变成了现实——我不仅和谢里万十分熟悉，而且我们彼此完全相互信任，彼此都怀着真挚的友情。我看到他的处境怎样在改善，他的家里也充满了安宁的气氛，看到他怎样渐渐地富裕起来，看到从前人们遇到谢里万时脸上的那种阴郁表情已经消失，现在大家看到他都显得那么高兴。结果当真是这样——只要谢里万周围的人们眼睛亮了，谢里万的脸上也就焕发出了光彩。

姑妈家里的仆人们当中，谢里万特别不喜欢听差鲍里苏什卡，在那个我们永志不忘的圣诞之夜，谢里万差点儿没有把他掐死。

有时人们爱拿这件事来开开玩笑。那天夜里发生这件事的原因是这样的：就像大家都怀疑谢里万要抢劫姑妈一样，谢里万也十分怀疑车夫和听差是故意把我们送到他的客栈里，阴谋夜间在这里偷走姑妈的钱，然后把一切都推到受人怀疑的谢里万身上去，而要这么做，真是再方便不过了。

一方面的不信任和疑心引起另一方面的不信任和疑心，因此觉得他们彼此是仇敌，双方都有理由认为别人要干坏事。

所以，恶总是产生另一项恶，只有善才能赢得胜利。用福音书上的话来说，就是善能使我们的眼睛和心灵都变得纯洁。

二十一

不过还应该讲一讲，为什么自从谢里万离开面包师傅以后，变得那么阴郁，那么疏远别人？那时候是谁伤了他的心，使他离群索居？

我父亲对这个善良的人怀有好感，但他还是认为，谢里万一定有什么顽固地保守着的秘密。

的确如此。不过谢里万只把他的秘密告诉了我姑妈一个人，而且是在她的庄园里住了好几年以后，也是在他那个总是生病的妻子去世以后。

当我已经是一个青年人，又到我姑妈那儿去的时候，我们回忆起谢里万来。不久以前谢里万已经离开了人世，那时姑妈把他的秘密告诉了我。

事情是这样的：因为谢里万有一颗善良、仁慈的心，死在他们城里的那个退休刽子手的无依无靠的女儿，她那悲惨的命运引起了他的同情。作为一个被人瞧不起的人的孩子，谁也不愿收留这个女孩儿。谢里万很穷，而且他也不能下定决心，让刽子手的女儿在这个大家都认得她和他的小城里住到他那里去。他必须在人前掩盖她的出身，虽然出身并不是她的罪过。不然的话，她将无法逃避那些既不仁慈又不公正的人们的严厉责备。谢里万一直藏着她，因为他总是害怕人们会认出她来，会侮辱她。于是，这种对别人的疏远和担心终于变成他的天性，并且在某种程度上在他的心灵里留下了不可磨灭的痕迹。

可见，每一个把谢里万叫作“怪物”的人，他自己对于谢里万才是一个可怕得多的吓人的“怪物”。

老天才

天才没有年龄——它能克服平常的才智无法逾越的一切障碍。

——拉罗什福科。[①]

① 拉罗什福科是17世纪的法国作家。

一

几年以前，有个地主——小老太婆到彼得堡来，用她的话来说，她遇到一件“令人发指的事情”。这件事情就是，由于她心地善良，头脑简单，完全是出于同情，从灾难之中搭救了一个上流社会的花花公子。为了他，她把自己的一所房子典押了出去，而这所房子就是老太婆自己、她那个不能动弹的残疾女儿以及小外孙女的全部财产。房子典押了一万五千卢布，全都被那个花花公子拿去了，留下一张在最短期限内还清债务的借据。

好心肠的老太婆相信了这些。她相信是毫不为奇的，因为债务人是一个赫赫有名的家族里的成员，前程灿烂似锦，从庄园里得到的进款相当可观，当差还有一笔优厚的薪俸。老太婆帮助他摆脱的金钱上的困难，不过是他在贵族俱乐部里一时忘乎所以，玩牌时疏忽大意的后果。要挽回这种局面，对他来说，当然是不费吹灰之力的——“只要他能回到彼得堡去”。

老太婆从前认识这位先生的母亲，看在老交情的份上，帮了他个忙——他顺利地回到了彼得堡。后来，当然啦，就开始玩起在类似的情况下司空见惯的猫和老鼠的游戏来。期限快到了，老太婆写信去提醒他——起初措辞温和，后来稍微严厉一些，最后就骂人了——暗示说，“这是欺诈”。但她的债务人是个饱经世故、老奸巨猾的家伙，不管写什么信去，他反正是概不作答。而与此同时，时光流逝，典押契约就要到期了——这个指望能在自己的小房子里终其天年的可怜的女人突然感到天崩地裂，在她面前出现了和她那残疾的女儿以及小外孙女挨饿受冻的可怕前景。

老太婆在绝望之际，把她那有病的女儿和一个孩子托付给一位好心肠的女邻居，她自己收拾了一小点东西，急急忙忙到彼得堡“张罗”去了。

二

她的张罗最初十分顺利。律师见到她，对她深表同情，尽力关照，法院给她的判决也迅速且对她有利，但一到了执行的时候，马上就遇到了困难，而且是这样的困难，简直叫人莫名其妙。倒不是警察或哪些警察局长纵容债务人——据说，他们自己早就讨厌这个人了。还说，他们全都非常可怜这个老太婆，很乐意帮她的忙，可就是不敢……他们不知是有什么很有势力的家属呢，还是有什么很有势力的亲戚，所以不能像对待别的犯罪分子那样，对他严加管束。

我并不确切了解他这些关系的实质和性质，而且我想，这也无关紧要。不管他有什么靠山，反正有人给他撑腰就是了。

我也不能确切地告诉你们，到底该拿他怎么办。不过知道，需要把一纸什么“公文和收据一起送交债务人”。就是这么一件事，却没有哪一个人，没有任何机构能够办到。不管老太婆去找谁，全都众口一词地劝她：

“唉，夫人，您何苦呢！最好还是算了吧！我们对您寄予无限同情，可是有什么办法呢，既然不管对谁，他从来就不还账……有一点您可以聊以自慰——您不是头一个，也不是最后一个。”

“我的爷呀，”老太婆回答，“倒霉的不只我一个人，从这里头我能得到什么安慰呢？我倒愿意，亲爱的，不但我好，叫旁人也好，大家都好，那样可好得多了。”

“唉，”人们回答说，“要叫大家都好——这个您就别提了，这是专家们的发明，根本就不可能。”

而她，由于头脑简单，仍然纠缠不休：

“为什么不可能？不管怎么说，他的财产比他欠我们大家的还多，让他把欠账还清了，他还会剩下很多的。”

“哎，夫人，谁要有‘很多’，对他来说，就永远也不会多，他们总是觉得不够。不过最主要的，是他没有还债的习惯。要是您实在惹得他不耐烦了——他可能跟您找麻烦的。”

“找什么麻烦？”

“嗨，有什么好问的呢。最好您还是在涅瓦大街上慢慢溜达溜达，要么干脆回去吧。”

“嗯，对不起。”老太婆说，“我不相信您的话——他是陷入了困境，不过却是个好人。”

“是啊，”人们回答，“当然啦，他是一个好老爷，只不过要他还债，他可就不好了。谁要是肯干这种事，他就什么坏事都干得出来。”

“那么就采取措施。”

“是啊，问题就在这里了。”人们回答说，“我们不能对所有的人都‘采取措施’。您干吗要跟这种人来往呢！”

“区别在哪里呢？”

被问的人只是瞅瞅她，然后扭过脸去，要么甚至提议，叫她去上告。

三

于是，她去上告了。那里要进去比较困难些，话也讲得少一些，而且更加抽象了。

他们说："他在哪儿呢？要控告他，可是他人却不在！"

"哎呀，"老太婆哭着说，"我每天都在街上看到他——他就住在他自己家里嘛。"

"这根本不是他的家。他没有房子，这房子是他妻子的。"

"要知道，这还不是一样吗？丈夫，妻子，不分彼此。"

"这是您这么认为，法律却有另外的看法。他妻子也在向他讨账，还告到了法院里，他的户口也不在她那里……他，鬼知道他，我们大家对他都讨厌死了——您干吗要借钱给他呢！他在彼得堡的时候，户口报在一套带家具出租的公寓里，可是不住在那儿。如果您认为我们护着他，或者是我们可怜他，那您可就大错特错了。您去找他去，抓住他——这是您的事情——到那时候准会'交给他'。"

不管在什么高级法院里，老太婆都得不到任何一句比这更令人宽慰的话——外省人是多疑的，她疑神疑鬼。悄悄地说，似乎这一切都是——"因为勺里没油水，定会刮破嘴[1]。"

"得了吧，"她说，"不管你怎么说，可我看得出来，无论什么事，少

① 意思是因为没贿赂，人家不肯帮忙。

了这玩意儿就动不起来，得抹点儿油。”

于是她去“抹油”了，但回来时更加愁眉不展。她说，她“直截了当，一开口就许了一千”。这就是说，她答应从追还的欠款中拿出一千卢布来。可是人家连听都不要听，于是她适当地给添上一些，一直许到三千，可是人家甚至要请她出去了。

“只不过是送达一纸公文罢了，给三千还不肯干！这可太不像话了！……不，从前要好一些。”

“哦，是吗，”我提醒她，“您想必是忘了，那时候是怎么个好法——谁给的钱多，谁有理。”

“你这话，”她回答说，“可一点儿不假，只不过古代的官吏中有些无所畏惧的行家。有的时候，你问他：‘能办到吗？’他就回答：‘在俄罗斯没有什么是不可能的。’于是就想出个点子来，把事情办妥了。这不是，现在我也碰到了一个这样的人，一个劲儿地缠着我，只是不知道能不能相信他？我和他一道在马林商场卖面包的华西里那儿吃午饭。因为我，你是知道的，现在节省得很，一文钱都舍不得——热饭热菜已经好久都不吃了，一切都为了打官司俭省着。他呢，大概也是因为穷，要么是爱喝几杯……可是他叫人十分信服地说：‘您给我五百卢布——我准给交到。’对此你认为怎么样呢？”

“亲爱的，”我回答她说，“请您相信，对您的痛苦，我十分同情。不过我连自己的事情都不会处理，所以根本不能给您出任何主意。您至少也该向什么人仔细打听打听，他是个什么人，有谁能为他担保？”

“我已经向卖面包的打听过了，只是他什么也不知道。‘可以猜想，’他说，‘他要么是个常常歇业的生意人，要么是个潦倒的小官儿。’”

“那么，您直接问问他本人嘛。”

“我问了——问他是什么人，有什么官衔。”

“这个，”他说，“在我们这个社会里，谈这些完全是多余的，而且叫人不愉快。我叫伊万·伊万内奇。官衔吗，是个十四张羊皮的官儿——我想翻哪一张，就能把那张羊皮毛朝上翻过来[1]。”

“啊哈，您瞧，原来是个十分可疑的人。”

“是啊，是可疑……‘十四张羊皮的官儿’——这个我懂，因为我自己就嫁了个小官。这就是说，他是十四等文官。关于名字和推荐的事，他直截了当地宣布，‘说到别人的推荐吗，’他说，‘我才瞧不起这个呢，我没有这玩意儿，我的头脑里有一些天才的想法，而且认识一些可尊敬的人，他们甘愿以三百卢布的代价把我的任何一项计划付诸实现。’

“‘我的爷，为什么一定要三百呢？’

“‘因为——这是我们的固定价格，我们不想再让价。再多了，我们也不要。’

“‘先生，我什么也不懂。’

“‘也用不着懂。要知道，现在的人一要就是成千上万，我们却只要几百。我因为出主意，指导全局，拿二三百给那个实际执行的英雄。根据事情的规模，他可能为了执行任务蹲三个月监狱，于是事情就圆满了。谁乐意——他就相信我们，因为我总是只承办根本办不到的事情。谁要是不信，那跟他就没有什么好说的，’——至于说我，”老太婆又添上了一句，

---

① “十四张羊皮的官儿”，即十四等文官，见下文。下面一句话的意思是谁肯给钱，就为谁效劳。

“请你想象一下我所受到的诱惑——不知为什么，我相信他……”

“我一点儿也不懂，”我说，“您为什么相信他?”

“你想象一下看——也许是我有什么预感，而且我还梦见过，这一切不知怎的叫人觉得心里热乎乎的，让人信得过。”

“您是不是再等等看呢?”

“等等，目前还是可以的。”

但不久，这就变得不可以了。

四

老太婆到我这里来的时候，愁容满面，悲恸欲绝，令人不能不寄予无限同情。因为：第一，圣诞节就要到了。第二，家里来信说，就在这几天里，房子就要公开拍卖。还有第三，她碰到她的债务人和一位夫人手携手地走着。她追上他们，甚至抓住了他的衣袖，高声向群众求助，两眼含泪呼喊道：“我的天哪，他欠我钱!”但结果只不过是使人们把她从她的债务人和他的夫人身边拉开，还要追究她在人多的地方破坏安宁和公共秩序的责任。比这三种情况更加可怕的还有第四点，那就是老太婆的债务人弄到了出国的假期，最迟在明天就要和他心爱的、衣着华丽的夫人出国去了——在国外大概要待一两年，说不定根本就不回来了，“因为她阔得很”。

对老太婆所说的情况不可能有丝毫怀疑。她学会了机警地步步跟踪她那个行踪不定的债务人，而且从被收买的他的仆人那里得知他的一切秘密。

所以，明天这出拖了很久的折磨人的喜剧就要结束了——明天他无疑将要溜掉，而且是长期的，说不定是永久的。因为他的女债主毫无疑问连一分一秒或极短暂的瞬间，都不愿故意卖弄，以引起别人对她的注意。

老太婆跟那个有十四张羊皮官衔的生意人把这一切都详详细细地讨论过了，那个人坐在马林商场面包师傅的和面盆旁边，当场就回答她说：

“是啊，事情急得很，不过还有救。马上把五百卢布放到桌子上，明天您就可以宽心了。要是您不相信我——您的一万五千卢布可就完了。”

“我，我的朋友，”老太婆对我说，“我已经决定信托他了……有什么办法呢。要知道，反正谁也不肯干，可是他肯干，而且毫不含糊地说‘我准给交去。’请别这样看我，别拿眼睛试探我。我一点儿也没有发疯，我自个儿也是什么都不明白，只不过在我的预感里对他有一种神秘的信任，而且做过一些这样的梦，所以我就下了决心，把他带走了。”

“带到哪儿去？”

“你要知道，我和他在卖面包的那儿就只有一个时间见面，总是在吃午饭的时候。等到那时候就已经迟了——所以现在我自己带着他，一直到明天都不放他走。在我这个年纪，当然无论谁也不会往坏处去想了，我得看住他，因为我得马上付给他五百卢布，还不能要任何字据。”

“您已经决定了？”

“当然，决定了——还能怎么办呢？我已经给了他一百卢布做定钱，现在他在小饭馆里等着我，在喝茶，我是来求你的：我还有二百五十卢布，还差着一百五十。劳你驾先借给我，我一定还给你。就是把房子卖了——反正一百五十卢布还是剩得下的。”

我知道她是一个非常诚实的女人，而且她的不幸是那样感人。我想：她还也罢，不还也罢——愿上帝保佑她，一百五十卢布，多了它发不了财，少了它也不至于受穷。这样的话，就不至于老是有这么一个念头在他心里折磨她了——她没有用尽一切办法把那纸能够拯救她的公文“送达”。

她拿了要借的钱，匆匆到小饭馆找她那个无所畏惧的生意人去了。第二天早上，我好奇地等着她，想要了解在彼得堡还能玩出什么新鲜、巧妙的骗人把戏。

只是我所了解到的完全出乎我的意料——商场里的天才既未辜负善良的老太婆的信任，也没有欺骗她的预感。

五

节日后第三天，她穿着出门的衣服，提着手提包，飞也似的来到了我这儿，所做的第一件事，就是把向我借的一百五十卢布放在我的桌子上，然后让我看一张一万五千多卢布的银行汇款收据……

“真不敢相信自己的眼睛！这是什么意思？”

“还能是什么呢？只能是我连本带息拿到的我自己的钱。”

“怎么拿到的？莫非这都是十四等文官伊万·伊万内奇干的吗？”

“是啊，是他。不过还有另一个人，他自己给了那个人三百卢布——因为没有那个人帮忙，就对付不了。”

“这又是个什么样的人？他们是怎么帮您忙的，您还是从头到尾都讲一讲吧！”

“他们帮忙可没用什么不正当的手段。我一到小饭馆把钱交给伊万·伊万内奇——他立刻点了点数，收下，说：‘现在，夫人，咱们走吧。我，’

他说，‘是个会出主意的天才，不过我需要一个人执行我的计划，因为我是个神秘的陌生人，不能自己出面去办牵涉到法律的事情。’我们坐车到下等人经常来往的许多地方去，还到各个澡堂里去—— 一直在找一个什么‘塞尔维亚的斗士’，可是好久都没能找到他。最后找到了。这个斗士从一所监狱里走出来，穿着塞尔维亚战袍，浑身上下破破烂烂的，牙齿缝里叼着一根用报纸卷成的烟嘴。他说：‘不管谁要干什么，我都能，不过首先得喝几杯。’我们三个一起坐在小饭馆里讲价钱，塞尔维亚斗士开口要价是：‘每月一百卢布，要三个月的。’于是讲定了。我还什么也没弄懂，不过看到伊万·伊万内奇已经把钱交给了他，可见他是相信的，我心里也就轻松了。随后，我把伊万·伊万内奇带回我的住处，让他就住在我那儿。那个塞尔维亚斗士呢，让他到澡堂里去过夜，说好，叫他一早就来。他早上来了，说：‘我准备好了！’伊万·伊万内奇悄悄地对我说：‘叫人去给他打点伏特加来——需要他的勇气。多了我不让他喝，只让他喝一点儿，为了壮胆这是一定少不了的——马上就要他去执行最主要的任务了。’”

塞尔维亚斗士喝过了酒，他们就一起乘车到火车站去了，老太婆的债务人和他那位夫人就是要坐这趟火车离开。老太婆直到这时还是一点儿也弄不懂，他们打的什么主意，到底怎样执行。但那位斗士叫她放心，说“一切都将是正直的，正大光明的”。人群开始拥到列车前面，这时那个债务人也来了，犹如鹤立鸡群，和他在一起的是那位夫人。一个仆人去为他们买票，他和他那位夫人坐着喝茶，神情焦虑地环顾四周的人群。老太婆躲在伊万·伊万内奇身后，指着债务人说：“瞧——就是他！”

塞尔维亚斗士看到了，说了一声“好”，立刻站起来，从那个花花公子身边走过去。一次，接着是第二次，然后是第三次，正对着他站住，说：

"您干吗老这么盯着我?"

那人回答:

"我根本没有看您，我在喝茶。"

"啊——啊，"斗士说，"您没有看，而是在喝茶吗？那么我就逼着您看看我，我还要给您的茶里加上点柠檬汁、砂糖和一小块巧克力！……"这么说着，"啪，啪，啪!"照准他的脸打了三个耳光。

夫人向一边冲去，先生也想跑开，并且说，他现在并不计较。但警察急忙赶来，进行干涉："在大庭广众之中，"他说："这样不行。"于是逮捕了那个塞尔维亚斗士，被打的人也被抓了起来。那人异常激动不安——不知是要奔向他那位夫人呢，还是回答警察的问话。而与此同时，已经做好了违警记录，列车也开动了……夫人走了，他却留了下来……而当他一说出自己的身份、姓名，警察立刻说："我的公事包里刚好有一份公文要送交给您。"那人毫无办法，当着许多见证人的面收下了交给他的公文，为了摆脱债务未了不能离境的义务，立刻开了一张支票，连本带利完全还清了他欠老太婆的债。

不可克服的障碍就这样终于被克服了，真理获得了胜利，安宁又来到了一个正直但贫穷的家庭里，节日也变得光辉灿烂，喜气洋洋了。

那个有办法帮忙解决这么困难的事情的人，看来完全有权自认为是个真正的天才。

岗　哨

一

这篇小说要在下面提请读者们注意的事情，对作品中的主要英雄人物来说，其性质是感人至深而又非常可怕的。而事情的结局又是那么奇特，恐怕除了俄罗斯，无论在哪儿都未必会有类似的情况。

这已成为某种程度上是宫廷里的、某种程度上则是历史上的奇闻逸事，为19世纪30年代这一很有意思、但极少被人提到的时代的风尚和思潮提供了绝妙的写照。

在即将叙述的故事里，毫无虚构的地方。

二

1839年冬天耶稣洗礼节[①]前后，彼得堡暖得出奇，冰消雪融。天气那么潮湿，简直就像到了春天似的。雪在融化，白天房顶上在往下滴水，河里的冰变成了蓝色，水占了上风。涅瓦河上，就在冬宫前面，有一段河水很深的地方已经解冻。刮着暖烘烘的西风，但风力很猛。海水从海滨涌

① 耶稣洗礼节在旧俄历1月6日。

来，可以听到报警的隆隆炮声。

皇宫的守卫任务由伊兹梅洛夫团的一个连担任，该连的连长是受过出色的教育，在社交界颇有地位的青年军官尼古拉·伊万诺维奇·米列尔（后来成为一位上将和高等法政学校的校长）。这是一个具有所谓“人道主义”倾向的人，他的这种思想倾向早就受到了人们的注意，这对他的前程多少有些妨害，影响了上级对他的关怀。

实际上米列尔是一个办事认真、忠实可靠的军官，而在那个时候，皇宫的守卫任务也不会有任何危险。那是个局势最安定、最太平的时期，除了准确无误地按时站岗，对宫廷的守卫任务并没有任何别的要求。然而恰巧就在这个时候，在米列尔大尉轮值担任宫廷守卫任务的时候，发生了一件异乎寻常的、令人惊惶不安的事。现在仍在度其余年的、经历了那个时代的人们当中，恐怕只有少数人还模模糊糊记得这件事情。

三

起初守卫工作一切都进行得十分顺利。岗位分配定了，人员也派出去了，完全正常，秩序井然。尼古拉·巴甫洛维奇皇上身体健康，晚上乘车出去兜了一圈，回宫以后，就安息了。皇宫已进入梦乡，最宁静的夜晚降临了，守卫室里一片寂静。米列尔大尉用别针把他雪白的手帕别在军官座椅高高的、照例总是沾满油污的羊皮靠背上，于是坐下来看书消磨时间。

不论什么时候，尼·伊·米列尔都是一个极爱读书的人，因此他并不觉得寂寞，他看着书，没有注意到黑夜正在渐渐逝去。但突然，在将近凌晨两点钟的时候，一件令人惊心动魄、惶惶不安的事情惊动了他——一个派出去的军士出现在他的面前。军士脸色苍白，惊恐万分，含糊不清、匆匆急急地说：

“祸事，大人，了不得了！”

“什么事?!”

“可怕的灾难临头了！”

尼·伊·米列尔一下子跳起来，心里充满了无法形容的焦虑，好不容易才问清这场“祸事”和“可怕的灾难”到底是怎么回事。

四

事情是这样的：哨兵，伊兹梅洛夫团一个姓波斯特尼科夫的士兵在现在的约旦门外面站岗，听到在这个地方对面，已经解冻的涅瓦河水面上有人落水，绝望地哀告，呼救。

士兵波斯特尼科夫是官宦人家的家仆出身，是一个非常神经质而且感情十分丰富的人。他听着从远处传来的溺水者的呼喊和呻吟，简直紧张得呆住了。他惊恐地回头四顾，望望那边，再望望这边，望望滨河大街上他所能看到的一切地方。可是不论是这儿，还是在涅瓦河上，就像故意和人为难似的，连一个活人的影子也看不见。

没有任何人能去帮助那个快要淹死的人，他准会淹死的……

而同时那个快要淹死的人正在长时间地、十分顽强地挣扎着。

似乎他已经只有死路一条了——不要白费力气，沉到水底去算了，可是偏不！他那疲惫不堪的呻吟和求救的呼喊声不时中断，沉默一阵儿，一会儿却又传来，而且离皇宫滨河大街越来越近了。看来那个人还没有惊慌失措，他选的路线是正确的，一直冲着灯光游来。只不过，当然啦，他还是不会得救的。因为正是在这儿，在这条路线上，他会落进约旦河上的冰窟窿[1]里。在那儿他准是一下子钻到冰底下去——于是就完了……这不是，又没有声音了。可是过了一分钟，水里又扑腾起来，又听到了呻吟声——“救命，救命啊！”现在已经这么近了，连拍水的声音，连在水里扑腾的声音都能听到了……

士兵波斯特尼科夫暗自考虑，要救这个人容易得很。如果现在跑到冰上去，那个溺水的人一定就在那儿。给他丢一根绳子过去，或者伸过一根长竿去，要不把枪伸过去，他就可以得救了。他离得这么近，甚至能一把抓住他，把他拉上来。但波斯特尼科夫也记得他的职务和誓言。他知道，他是个哨兵。而一个哨兵无论为何，无论有什么借口，都不容许离开自己的岗棚。

从另一方面来看，波斯特尼科夫的心是很不听话的——它一个劲儿地疼痛，一个劲儿地狂跳，一个劲儿地拼命收缩……真想把它抓出来丢在自己脚下——这一阵阵的呻吟声和呼号声弄得他这样心神不宁。不是吗，这是很可怕的——听到一个人正在走向死亡，却不去帮助这个快死的人。而其实呢，完全有可能帮帮他的忙，因为岗棚不会从这儿跑掉，也不会发生

---

① 过耶稣洗礼节时，在冬宫前凿一个很大的冰窟窿，1月6日在此举行一种宗教仪式：把一个十字架沉到水里。因为传说耶稣是在约旦河里受洗礼的，所以这个冰窟窿就叫作“约旦河上的冰窟窿”。

任何别的有害的事情。“还是跑下去吧，啊？……不会有人看到吧？……唉，天哪，但愿结束了吧！又在呻吟了……”

这一切拖延了半小时的光景。在这半小时里，士兵波斯特尼科夫的心受尽了折磨，他开始“怀疑自己的理智”了。然而他是一个有头脑的、办事认真的士兵，神智清醒，而且十分清楚，离开自己的岗位，对一个岗哨来说，是一项极为严重的过失。犯了这样的过失，立刻就会送交军事法庭，以后是赶他穿过列队的士兵，去受鞭刑，然后去服苦役。也许，甚至会“枪毙”。但从涨水的河那边又飘来了越来越近的呻吟声，已经能够听到含混不清、嘟嘟囔囔的说话声和绝望挣扎的声音。

“淹——死——了！……救命，淹死了！”

这人马上就到约旦河上的冰窟窿了……完了！

波斯特尼科夫又向四面环顾了一两次。无论哪里都没有一个人影，只有路灯在风中晃动，闪闪烁烁，还有这断断续续随风飘送来的呼喊声……也许是最后一声……

又是一阵浪花拍溅，一声短促的呼号，水里开始传来汩汩的响声。

哨兵受不住了——离开了自己的岗位。

五

波斯特尼科夫向跳板跑去，心在剧烈地跳动着。跑上了冰面，随后又跑进滚滚波涛迎面而来、河面已经解冻的地方，很快就看清了快要淹死的那个人是在哪儿挣扎，于是把枪托伸给了他。

落水的人抓住了枪托，波斯特尼科夫抓着刺刀把他拉上岸来。

被救上来的人和救人的人都已全身湿透。因为他们当中被救上来的那个人已经筋疲力尽，浑身发抖，跌跌绊绊。他的救命恩人，士兵波斯特尼科夫不忍心把他丢在冰面上，于是把他带到滨河大街，举目向四面张望，看能把他交给什么人。这时滨河大街上驶来了一辆雪橇，上面坐着一个当时还存在的宫廷荣军队（后来已经撤销了）里的军官。

这位对波斯特尼科夫说来如此不合时宜地赶来的军官先生大概是个性情非常轻率的人，而且有点儿糊里糊涂，还是个十足厚颜无耻的家伙。他从雪橇上跳下来，劈头就问：

“什么人？……你们是干什么的？”

“他落水了，快淹死了。”波斯特尼科夫开始回答。

“谁落水了？谁？你落水了吗？干吗待在这儿？”

那人只是大声喘气，波斯特尼科夫却已经不见了——他把枪扛在肩上，又站在岗棚里。

军官不知是否已经弄懂了是怎么一回事，不过他不再盘问下去了。他把那个被救上来的人拉到自己的雪橇上，带着他向海军部滨河大街海军部大厦警察分局疾驰而去。

军官在这儿向警察分局局长声明，他带来的这个浑身湿透的人，在皇宫对面河里解冻的地方溺水，是被他，军官先生，冒着自己生命危险救上来的。

那个被救上来的人，现在仍然浑身湿淋淋的，完全冻坏了，而且疲惫不堪。由于受了惊吓，又拼命进行挣扎，他已经陷入昏迷状态。对他来说，不管是谁救了他，反正都是一样的。

一个睡眼惺忪的警察医士在他身旁忙乎着，办公室里在根据那个荣军军官的口头声明做书面记录，他们怀着警察所特有的疑心，猜不透他既然是从水里出来，为什么全身都是干的呢。那个军官一心想获得按规定颁发的“救助遇难者”奖章，解释说，这是由于各种情况的凑合。不过他的解释前言不搭后语，令人难以置信。于是派人去叫醒局长，好让他详细查询。

同时，皇宫里却为此采取了另外一些迅速的行动。

六

皇宫守卫室里，对现在所谈的那个军官把被救起来的溺水者带上自己的雪橇以后的一切情况，都毫无所知。在那里，伊兹梅洛夫团的军官和士兵们只知道，他们的一个士兵波斯特尼科夫离开岗棚，跑去救人。因为这是严重违反军人职责的事，所以列兵波斯特尼科夫现在一定要受军法审判，要受笞刑。所有的指挥人员，从连长直到团长，都将遇到极不愉快的事情，而对此是既不能提出异议，也不能为自己辩护的。

衣服湿透、浑身发抖的士兵波斯特尼科夫当然立刻被从岗位上撤换了下来，他被带到守卫室里，把我们所知道的一切，包括所有细节，都向尼·伊·米列尔坦白地叙述了一遍，一直说到那个荣军军官把被救起的溺水者带到他的雪橇上，吩咐车夫驰向海军部大厦警察分局。

危险越来越大，而且更加无法避免了。当然啦，那个荣军军官将把这一切都告诉分局局长，分局局长立刻会把这件事报告警察总监柯科什金，他在早上再报告给皇上，于是就要“忙碌”起来了。

没有时间长久考虑，得请上级来解决这个问题。

尼古拉·伊万诺维奇·米列尔立刻给自己的营长斯维宁中校送去一封告警的便函，信中请求他尽快到皇宫守卫室来，用一切办法帮助平息这场已经发生的祸事。

这已经是快凌晨三点的事了，天亮后柯科什金在相当早的时候就要向皇上报告，因此所有思考和行动只能在很少一点儿时间内进行。

七

斯维宁中校没有那种总是使尼古拉·伊万诺维奇·米列尔显得与众不同的怜悯心和软心肠。斯维宁并不是一个冷酷无情的人，但他首先，而且最主要的是一个“形式主义的官吏”（现在人们又在遗憾地想到的那种典型）。斯维宁以严厉著称，甚至喜欢夸耀，他对纪律要求特别严格。他并没有作恶的嗜好，也不会故意找碴儿，无缘无故去折磨任何人。但如果有人不管是有什么渎职行为，那斯维宁可决不容情。他认为，不应当讨论有罪过的人在这一情况下的行动是受什么动机支配，他抱定这样一条规则：值勤时一切过错都是有罪的。因此在担任守卫的这个连里，大家都知道：列兵波斯特尼科夫因擅离岗位该受什么处分，那么一定会受到什么处分，斯维宁对此是绝不会感到伤心的。

这个校官在上级和同事们的眼里就是一个这样的人。他们当中也有些人不喜欢斯维宁，因为那时“人道主义”和其他一些类似的谬见还未完全消失。那些“人道主义者”是责难他，还是称赞他，斯维宁毫不在意。斯维宁无论是请求，还是恳求，甚至试图获得他的怜悯，都是完全徒劳无益的。对于这一切，他受过当时那些官场中人物所受的极其坚强的锻炼，不过他也像阿喀琉斯[①]一样，也有自己的弱点。

斯维宁也有一个从开始服役时就大有希望的前程，对这一前程他当然悉心爱护，极为珍视，像对待大礼服一样，绝不让上面落上一粒微尘。然而归他管辖的这个营里一个人倒霉的越轨行为必然会给他全营的纪律投上令人不快的阴影。至于他的一个士兵为极其高尚的恻隐之心所驱使做了什么，他的营长在这件事上有无过错——斯维宁那一开头大有希望、并尽心竭力加以维护的前程全靠他们来决定的那些人——他才不会去仔细考虑呢。有不少人甚至乐意给他使绊子，为的是让他们自己亲近的人得到好处，或者是帮助什么有靠山的人。在这种情况下，皇上当然会大发雷霆。一定会对团长说，他的"军官差劲"，他们手底下的人"不守纪律"。这是谁干的呢——斯维宁。于是，这样一个传一个——"斯维宁差劲"。说不定，差劲这一灾难将要成为他斯维宁的名誉上一个永远也洗刷不掉的污点。那么在同时代的人们当中，他将默默无闻，一无所获。也不会名垂青史，在俄罗斯帝国历史人物的陈列馆里留下自己的画像了。

尽管那时人们很少去研究历史，然而却相信它，特别是很乐意亲自积极加入创造历史的人们的行列。

---

① 阿喀琉斯是荷马的著名史诗《伊里亚特》中的希腊英雄。据说阿喀琉斯是海神忒提斯之子。忒提斯为了使儿子能够长生，抓着他的脚后跟，把他浸在斯蒂克斯河的圣水里。他的脚后跟没有浸到圣水，所以是他的"弱点"，最易受伤。后来他果然因脚后跟中箭而死。

八

凌晨3点左右，斯维宁一接到米列尔大尉的报警便函，立刻一跃而起，穿上制服，在恐惧和愤怒的情绪支配之下来到了冬宫的守卫室。他立刻在此询问了列兵波斯特尼科夫，确信当真是发生了非常事件。列兵波斯特尼科夫又把他站岗时所发生的以及他已经向自己的连长米列尔大尉报告过的那一切，再次完全坦白地向他的营长叙说了一遍。这个士兵说，他对“上帝和皇上犯下了不可饶恕的大罪”。他在站岗的时候，听到解冻的河面上有个落水的人在呻吟，他苦恼了很久。在职务上的责任感和同情心之间进行了长时间的思想斗争，最后他受到了诱惑，没能经受住这场斗争的考验——离开岗棚，跑到冰面上，把溺水的人拉上岸来。而这时，就像故意跟人为难似的，遇到了一个过路的宫廷荣军队里的军官。

斯维宁中校感到绝望了。他唯一能够使自己感到满足的，就是把满腔怒火发泄到波斯特尼科夫的身上，立刻把他当场逮捕，从这儿直接押送到兵营的单身禁闭室去，再对米列尔说几句讽刺挖苦的话，责备他具有“人道主义思想”而在军队中服役，这种思想却毫无用处。然而，所有这一切都不足以挽回这件事情，一个哨兵离开自己的岗位，对这样的行为，即使不是寻找什么理由进行辩护，那么哪怕是要请求原谅也是不可能的。只剩了一条出路—— 一切都瞒着皇上。

然而，这样的事件能隐瞒得住吗?

看来这是不可能的。因为救了一个遇难的人，这件事不但所有站岗的人都知道，而且那个可恨的荣军军官也知道了。到现在为止，他当然已有足够的时间把这一切都向柯科什金将军报告过了。

现在该上哪儿去呢？急急忙忙去找谁呢？向谁去寻求帮助和庇护呢？

斯维宁想要急忙驱车去见米哈依尔·巴甫洛维奇亲王，把一切都坦白地告诉他。这样的策略在当时十分流行。就让性情暴躁的亲王大发雷霆，高声斥责一顿好了。他的脾气和习惯是这样的，越是在最初那一阵子显得不讲情面，甚至声色俱厉，恶语伤人，那么到后来就会更快地软下心来，自己出面为你进行辩护。曾有不少类似的情况，有时是去故意寻找的。“骂人的话不会挂在领口上”，因此斯维宁很想把事情引导到这种有利的状况上去。不过难道能在深更半夜进宫去惊动亲王吗，而等到早晨，在柯科什金向皇帝作过报告以后再去见米哈依尔·巴甫洛维奇，那就已经迟了。当斯维宁在这困难的处境中焦虑不安的时候，他已经给弄得精神萎靡不振了。但他灵机一动，想到还有一条出路。直到如今，它一直隐没在一片雾霭之中。

九

在一系列人所共知的战术之中有这样一招儿，当受围攻的要塞即将塌陷，千钧一发，危险万分的时候，不要避开它，而是就在即将倒塌的墙下行走。斯维宁决定不采取他最初想到的任何行动，毫不迟延地立刻直接去找柯科什金。

关于警察总监柯科什金，当时在彼得堡有许多可怕而又荒诞的传说。但顺便说说，人们又都断言，他具有惊人的应付各种情况的机智，借助这种机智，他不仅“能使苍蝇变成大象，同样也可以轻而易举地把大象变作苍蝇”。

柯科什金当真是非常严厉，十分可怕的，使人对他望而生畏。但他有时却纵容军人中的那些调皮鬼和地地道道的乐天派，而那时候这种调皮鬼是很多的，他们曾不止一次发现他竟充当了他们强大而又热心的保护人。一般说来，他能做很多事情，也有本事做很多事情，只要他乐意的话。斯维宁和米列尔大尉所知道的他就是一个这样的人。米列尔也给自己的营长打气，劝他大着胆子立刻驱车去见柯科什金，把希望寄托在他的宽宏大量和他那“应付各种情况的机智”上。大概机智会提示这位将军，该怎样摆脱这一令人遗憾的事件，以免惹得皇上生气，而这正是可尊敬的柯科什金在任何时候都极力避免的。

斯维宁穿上军大衣，两眼向上凝视着，高声呼喊了几次：“上帝呀，上帝呀!”然后驱车去见柯科什金。

这已经是早上四点多一点儿了。

十

人们唤醒了警察总监柯科什金，向他报告说，斯维宁有刻不容缓的重要事情前来求见。

将军立刻起身，一面揉搓着前额，打着哈欠，瑟缩着，穿着短上衣就去会见斯维宁。对于斯维宁述说的一切，柯科什金都十分留心地倾听着，不过神态安然。在说明情况和请求宽恕的整个这段时间里，他只问了一句：

“有一个士兵离开了岗棚，救了一个人吗?”

“正是。”斯维宁回答。

“岗棚呢?”

“这个时候岗棚是空着的。”

“嗯……这个我知道，它是空着的。我很高兴，它还没有被人偷走。”

从这些话里斯维宁更加深信，他已经什么都知道了，而且他已经做出决定，早上怎样向皇帝报告这件事情，这个决定是绝不会更改的。不然的话，像一个哨兵在担任宫廷守卫时离开自己的岗位这样的事情，毫无疑问，理应使精力充沛的警察总监受到大得多的震动。

然而，柯科什金什么都不知道。荣军军官带着被救起来的溺水者去见到的那个警察分局局长并不认为这件事有什么特别重要的意义。在他看来，这甚至根本就不是那种需要在夜间去惊动已经疲倦了的警察总监的事情，加上这件事本身又使局长觉得相当可疑。因为那个荣军军官身上完全是干的，如果他曾冒着生命危险救起了一个快要淹死的人，那是无论如何也不可能的。局长认为，这个军官只不过是一个虚荣心很重、爱撒谎的家伙，想在自己胸前再戴上一枚新的奖章而已。因此，趁值班人员在做记录的时候，局长把军官留在他那儿，竭力想通过询问一些很小的细节，从他嘴里问出真情。

分局局长也觉得不大高兴，因为这样的事情恰好发生在他所管辖的地区里，而且溺水者也不是被警察、而是被宫廷里的一个军官救出来的。

柯科什金神态镇静自若的原因很简单。第一，他太累了，忙乱了整整一天，夜间又参加扑灭了两起火灾，这时他感到十分疲倦。第二，哨兵波斯特尼科夫干的这件事和他——警察总监先生并没有直接关系。

不过，柯科什金立刻做了相应的指示。

他派人去找海军部大厦警察分局的局长，命令他毫不迟延地和那个荣军军官以及被救起来的溺水者前来见他，并请斯维宁在办公室前的小会客室里稍等一下。然后柯科什金走进办公室去，门也没关，就坐在桌边，开始签署文件。但他立刻把头伏在手臂上，就坐在安乐椅里，在桌边睡熟了。

十一

那时候，城市里还既没有电报，也没有电话。如要紧急传递上级的命令，就得派出“四万信差”驰向四面八方。关于这种情况，在果戈理的喜剧里已给人留下永久的回忆。

这当然不像电话或电报那样迅速，不过却能把颇为活跃的气氛传染给城市，并且证明首长们在日夜操劳，彻夜不眠。

当跑得上气不接下气的分局局长和救人的军官，还有被救起的溺水者从海军部大厦警察分局到来时，脾气暴躁、精力充沛的柯科什金将军已经在这段时间里打了个盹儿，恢复了精神。这从他脸上的表情和他显示出来的才智上就可以看得清清楚楚。

柯科什金要求所有到场的人都到办公室里来，同时把斯维宁也请了进来。

“记录呢？”柯科什金用已经恢复了精神的嗓音向分局局长简短地问。

局长默默地递给他一张折叠着的纸，并且轻轻地低声说：

“请允许我私下里向大人报告几句话……”

“好吧。”

柯科什金走到窗洞里，局长也跟着他走了过去。

“什么事？”

可以听到局长含糊不清的低语声和将军清清楚楚“嗯啊哼啊”的声音。

“嗯……不错！…这又怎么呢？……这是可能的……他们坚持说，跳出来时身上没有沾到水……再没有什么了吗？”

“没有了。”

将军从窗洞里走出来，坐到桌边，开始看记录。他默默地阅读记录，既不表示惊恐，也不流露出怀疑的神情。随后他提高声音，清清楚楚地直接向被救起来的人问道：

“老弟，你怎么在皇宫对面落到解冻的河里去了？”

“对不起。”得救的人回答。

“就说的是啊！喝醉了吗？”

“对不起，醉倒没醉，不过喝多了一点儿。”

“干吗要掉到水里呢？”

“想从冰上抄近路过去，迷了路，就掉下水去了。”

“这么说，眼前一片漆黑，是吗？”

“漆黑，周围一片漆黑。大人！”

“你也看不清是谁把你拉上来的吗？”

“对不起，什么也没看清。好像，就是他。”他指指那个军官，又补上了一句，“我没能看清楚，吓坏了。”

“问题就在这里，该睡觉的时候了，还在闲荡！现在好好地看看吧，要永远记住，谁是你的恩人。高尚的人为了你，自己甘冒生命的危险！”

“我一辈子都会记住。”

“你的名字呢，军官先生？”

军官报出了自己的名字。

“听到了吗？”

“是，大人。”

“你是正教徒吗？”

“是正教徒，大人。”

“作法事的时候，把这个名字写上，求上帝保佑他身体健康。”

“一定写上，大人。”

“为他向上帝祈祷，去吧，再不需要你了。”

那人深深地一躬到地，匆匆退出去了。因为放了他，觉得非常满意。

斯维宁站在那儿，困惑不解。真是天公作美，怎么竟发生了这样的变化。

十二

柯科什金对那个荣军军官说：

“是您冒着自己生命的危险救了这个人吗？”

“正是，大人。”

“这件事情没有证人，而且因为时间很晚，也不可能有证人，是吗？”

“是的，大人，天很黑，而且滨河大街上一个人也没有，除了站岗的。”

“用不着提站岗的。站岗的人守卫着自己的岗位，不应为任何旁的事情分心。我相信记录上所写的。这都是您讲的，不是吗？”

这几句话柯科什金是用特别加重的语气说出来的，就好像他是在进行威胁，或是高声叫喊。

但军官毫不胆怯，他瞪着眼睛，挺起胸膛，回答说：

“是我讲的，而且绝对正确，大人。”

“您的行为理应受到奖赏。”

他躬身致谢。

“没什么好谢的，”柯科什金接着说，“我把您自我牺牲的行为报告给皇帝陛下，您的胸前可能今天就要挂上一枚奖章了。现在您可以回家去了，喝点儿热汤热茶，哪儿也不要去，因为说不定还要请您来的。”

荣军军官容光焕发，深深行了个礼，走了出去。

柯科什金望望他的背影，说：

“可能皇上会想亲自见他。”

“是。”局长会意地回答。

“我不需要您了。”

局长走了出去，随手关上房门，立刻照虔诚的教徒的习惯，画了个十字。荣军军官在下面等着局长，于是他们一道离开这儿。这时，他们之间的关系可比来的时候亲热得多了。

警察总监的办公室里只剩了斯维宁一个人，柯科什金先向他久久地凝神注视了一阵子，然后问：

“您没去见过亲王吧？”

在那时候，一提到亲王，大家都知道，指的米哈依尔·巴甫洛维奇亲王。

“我直接到您这儿来了。”斯维宁回答。

“值班守卫的军官是谁？”

“米列尔大尉。”

柯科什金又朝斯维宁打量了一眼，然后说：

“以前您好像对我不是这么说的。”

斯维宁甚至没有听懂，这是指的什么，因此没有作声。柯科什金又添了一句：

“嗯，反正一样。安心休息去吧。”

接见结束了。

十三

下午1点，荣军军官当真又被召见了。柯科什金亲切地向他宣布，皇上非常满意，因为在他宫廷荣军队的军官中有这样一些警惕性很高、具有自我牺牲精神的人，并且赏赐给他一枚“救助遇难者”奖章。说着，柯科什金亲手把奖章授予这位英雄人物，于是他就到处炫耀去了。那么可以认为这件事已经完全结束了，但斯维宁中校却觉得这件事还有所未了，并认为他负有points sur les i[①]的使命。

他感到那么激动不安，以致卧病三天。第四天他起来了，到彼得罗夫小教堂去了一趟，在救世主的圣像前做了感恩祈祷，这才心情平静下来。回家以后，派人去请米列尔大尉前来见他。

“噢，谢天谢地，尼古拉·伊万诺维奇，”他对米列尔说，“现在笼罩在我们头上的危险已经完全过去了，我们那件由哨兵引起的不幸事件也完全解决了。现在我们似乎可以放下心来，松一口气了。毫无疑问，这一切我们首先要感谢上帝大发慈悲，其次得感谢柯科什金将军。尽管人们都说他心肠不好，冷酷无情，我却对他的宽宏大量满怀着感激之情，对他随机应变的本事和办事的分寸十分敬佩。他异常巧妙地利用了这个狡猾的荣军大言不惭的自吹自擂。说实在的，这个家伙，为了他这样厚颜无耻，不该赏给他奖章，而

① 法语：在i上打上一点儿，意思是把事情做完。

应该在马厩里狠狠地揍他一顿。不过没有任何别的办法——需要利用他来拯救许多人。柯科什金扭转乾坤，而且做得那么巧妙，没有让任何人遇到丝毫不愉快的事情——恰恰相反，大家都很高兴，很满意。这是咱们私下里说说，我通过十分可靠的人得知，柯科什金本人对我也十分满意。他感到高兴的是，我没有去任何别的地方，而是直接前去找他，而且也没有跟这个得到奖章的头号大骗子争论。总而言之，谁也没有吃什么苦头儿，而且一切都做得那么巧妙自然，今后也没有什么好担心的，不过在我们这方面还有一点小小的缺点。我们也应该仿效柯科什金的榜样，从我们这方面很有分寸地了结这件事情，以防后患。还有一个人，他的情况还没有正式了结。我说的是列兵波斯特尼科夫。直到现在他还关在禁闭室里，毫无疑问，老是等着，不知会拿他怎么办，一定会使他觉得痛苦不堪。应该结束他所受的折磨了。”

“对，是该结束了！”十分高兴的米列尔提醒说。

“嗯，当然啦，这最好是由您去执行。请您立刻就到兵营里去，把您那一连人集合起来，解除列兵波斯特尼科夫的禁闭，把他带出来，在队前当众重责二百鞭。”

十四

米列尔大吃一惊，试图劝说斯维宁——因为大家都高兴，还是完全宽恕列兵波斯特尼科夫，饶了他吧。就是不惩罚他，他一直在禁闭室里等着决定自己的命运，也已经够他受了。但斯维宁勃然大怒，甚至不让米列尔再讲下去。

“不，”他打断了他，“别说了。我刚刚还跟您讲到分寸，可您马上就不知分寸了！别再说了！”

斯维宁换了一种更加冷淡的、办公事的语气，斩钉截铁地补充说：

“鉴于您本人在这件事上也并非毫无过错，甚至过失是很大的——您有与一个军人极不相称的柔软心肠，您性格上的这种缺点又反映到您的部属身上——我命令您行刑时必须亲自在场，而且坚决要求，鞭打一定要认真，要尽可能打重一些。为此请您命令，鞭打由新入伍的青年士兵执行。因为对这种事情我们的老兵都已经沾染上了近卫军的自由主义作风——他们不会认真鞭打自己的同伴，只不过是在他背脊上吓唬吓唬跳蚤罢了。我自己也要去，我要亲自看看怎样收拾有罪的人。”

无论上级有什么公务上的命令，当然绝无规避的余地，因此软心肠的尼·伊·米列尔必须准确无误地执行他的营长给他下达的命令。

全连在伊兹梅洛夫兵营的院子里站好了队，平时就储备了相当多行刑用的树条，现在把树条拿了出来，从禁闭室里带出来的列兵波斯特尼科夫在新入伍的青年同志们热心帮助下被“收拾”了一顿。这些没有受到近卫军自由主义恶劣影响的人，尽善尽美地把他的营长为他规定的所有points sur les i不折不扣全打到了他的身上。随后受过刑的波斯特尼科夫被扶起来，就用他在上面受刑的那件军大衣把他直接裹起抬到了团的附属医院里去。

十五

营长斯维宁接到笞刑已经执行的报告以后，立刻像慈父一般亲自到医院里去探望波斯特尼科夫。他感到十分满意的是，能亲眼证实，他的命令已被尽善尽美地执行了。富有同情心而又有点神经质的波斯特尼科夫被“好好地收拾了一顿”。斯维宁感到心满意足，于是命令，由他私人送给受过刑的波斯特尼科夫1俄磅砂糖，四分之一俄磅茶叶，让他在养伤期间品尝。波斯特尼科夫躺在病床上，听到关于茶叶的命令，回答说：

“我很满意，大人，谢谢您慈父般的关怀。”

他也当真是感到“满意”，因为他一连三天在禁闭室里等待着，原以为情况会坏得多哩。在那个严酷的时代，二百鞭比起根据军事法庭的判决而受的惩罚来根本算不了什么。而如果不是幸而发生了上述那些果敢、机智、随机应变的情况，波斯特尼科夫要遭受的就正是那样的处罚。

然而对上述事件感到满意的，还不仅仅是上面所说的这些人。

十 六

列兵波斯特尼科夫的功勋在京城各界悄悄地、秘密地流传开来，在那个出版物喑哑失声的时代，京城生活在无穷无尽的流言蜚语的气氛里。在口头传说中，真正的英雄人物——士兵波斯特尼科夫的名字已经湮没无闻，但这一史诗本身却被添枝加叶，获得了很有意思的、浪漫主义的性质。

据说，似乎有一个异乎寻常的游泳家从彼得罗巴甫洛夫要塞那边游向皇宫，在皇宫站岗的哨兵当中有一个朝他开了一枪，打伤了他。一个过路的荣军军官跳下水去，把他救了上来。因此一个得到了理应得到的奖赏，另一个得到了罪有应得的惩处。

这一荒诞的传说也传到了设有教堂的、属于外地修道院的宿舍里，当时那里正住着一位小心谨慎、偏爱“世俗事情”的主教[①]，这位主教对莫斯科的斯维宁一家十分赏识，格外垂青。

目光敏锐的主教觉得所传开枪的故事有些含糊不清之处。那个在夜间出来的游泳家是干什么的？如果他是个逃犯，那么在他从要塞逃走横渡涅瓦河的时候，哨兵朝他开了一枪，正是尽了自己的责任，为什么还要惩罚他呢？如果这不是个囚徒，而是个什么神秘人物，应该从涅瓦河的波涛中把他救起来，那么哨兵又怎么能认出他来呢？所以在这种情况下，事情也不可能是像社会上纷纷传说的那个样子。社会上有很多人往往不假思索，十分轻率地相信一切，并且“传播无稽之谈”。然而，住在修道院里及设有教堂的宿舍里的人们，对待一切却要严肃得多，而且知道世俗上许多事情的真实情况。

十七

有一次，当斯维宁去拜访主教，以便接受他的祝福时，最可尊敬的主

① 作者指的是莫斯科的总主教菲拉烈特·德罗兹多夫，一个冷酷无情、只知追逐名利的家伙，态度鲜明的农奴制的拥护者和保皇主义者。

人和他“顺便”谈到了“开枪的事”。斯维宁向他讲述了全部实情，正像我们所知道的，这和传说中“顺便”谈到的关于“开枪的事”毫无共同之处。

主教默默地听完了真实的故事，一面轻轻捻着白色的念珠，目不转睛地瞅着讲故事的人。当斯维宁讲完了，主教轻轻地用潺潺的溪水一般的声音说道：

“因此应该得出结论，在这件事情上，并不是所有的情况，也不是在一切场合，都是完全照事实讲的。”

斯维宁感到犹豫不决，不愿正面作答。于是说，向上呈报的不是他，而是柯科什金将军。

主教默默地把念珠在他那蜡黄的手指间拨弄了几次，然后说：

“需要分清，什么是谎言，什么是不充分的事实。”

又是拨弄念珠，又是一阵沉默，最后是缓缓的流水般的声音：

“不充分的事实并不是谎言，在这件事情上尤其不是。”

“当真是这样的，”受到鼓舞的斯维宁说，“最使我感到不安的，是我必须惩罚这个士兵，虽说他违反了自己的职责……”

数念珠和静静的流水声打断了他：

“职责是永远不应违反的。”

“不错，不过他这样做是出于高尚的情操，出于他的同情心，而且他曾为克服危险进行顽强的斗争。他懂得，为救别人的性命，他就要毁了自己……这是一种高尚的、神圣的感情！”

“神圣的感情上帝是知道的，对平民肉体上的惩罚不会有什么害处，而且无论是和民间的风俗习惯，还是和圣经的精神都并不矛盾。粗糙的躯体忍受藤条的鞭打，要比灵魂上忍受微妙的痛苦轻松得多。在这件事情上，公道并没有因您而受到丝毫损害。”

“可是他也被剥夺了因为救人而应得到的奖励。”

“救人不是功绩，倒不如说是一种责任。谁要是能够救人而不救——应该受到法律的惩罚。谁要是救了，他就是履行了自己的责任。”

停顿，数念珠的声音，缓缓的流水声：

“一个战士因为自己的功勋反而受到屈辱和体罚，也许比他获得奖章因而骄傲起来有益得多。但在这整个事件中最重要的是，对这件事情的全部情况要保持谨慎，绝不要在任何地方，对谁和在任何情况之下谈到。”

显而易见，主教也感到满意。

十八

那些为上天选中了的幸运儿，根据他们伟大的信仰，据说被赋予了某种能力，能够透彻理解上帝意旨的奥秘。如果我有他们的胆量的话，说不定我会敢于让自己做出这样的推测——大概上帝本人对他创造的波斯特尼科夫这个驯良的人的行为也感到十分满意。然而，我的信仰微不足道。它没有把能洞察如此崇高的事物的能力赋予我的智慧——我所遵循的是地上的、尘世的见解。我想到的是那些凡夫俗子，他们喜欢善只不过是为了善的本身，而并不期待着无论何种对善行的奖励。我好像觉得，这些正直、可靠的人们也应对爱的神圣冲动感到十分满意，而且不亚于对我这篇真实而不加任何修饰的故事中这位驯良的主人公神圣耐心的满意程度。

理发师[1]

（在坟墓上讲的故事）

他们的灵魂在幸福的天国安息。

——挽歌

① 逐字直译，应为“理发的艺术家”。

一

我们有很多人认为，“艺术家”——只是指画家和雕塑家，还有那些被研究院授予这一称号的人们，而不愿把其他人看作艺术家。对于许多人来说，萨吉科夫和奥夫钦尼科夫只不过是“银匠”而已。但另外一些人却不是这样看——海涅曾回忆起一位堪称“艺术家”而且“有思想”的裁缝，现在人们还把沃尔特[1]缝制的女服叫作“艺术品”。不久以前人们谈论其中的一件时写道，仿佛它“在华丽的服饰上集中了无穷无尽的幻想”。

在美国，对艺术领域理解得更加广泛，著名美国作家布列特-哈特[2]说，他们那儿有个“为死人工作”的“艺术家”，非常出名。他能赋予死者的面容各种“令人快慰的表情”，足以证明他们那业已飞升的灵魂或多或少处于某种幸福的境地。

这种艺术共分几等。我记得三等：“一、安宁。二、崇高的沉思。三、直接和上帝交谈的幸福。”艺术家的声誉与他工作的高度完美性完全相称。也就是说，声誉斐著。然而遗憾的是，这位艺术家竟成了不尊重艺

---

① 沃尔特是著名的巴黎裁缝。

② 法兰西斯·布列特-哈特（1839—1902），美国作家，主要作品为描写加利福尼亚金矿工人生活的小说。

术创作自由的粗暴人群的牺牲品。他死于非命。他是被石头砸死的，因为他让一个已经过世、但生前曾掠夺全城人民的、伪善的银行家的脸上具有“和上帝幸福交谈的表情”。这个骗子的福星高照的继承人想以这样的艺术订货来表达他们对已故亲属的感激之情，而执行这项使命的艺术家却为此付出了生命的代价……

在我们俄罗斯，也有这种特殊艺术领域中的能手。

二

我弟弟的保姆是一位又高又瘦，但体格十分匀称的老太太，名叫柳葆芙·奥尼西莫芙娜。过去她是卡敏斯基伯爵在奥廖尔的剧院里的女演员，下面我所讲的一切，也都是发生在奥廖尔我少年时期的事。

弟弟比我小7岁，所以当他只有两岁，还在柳葆芙·奥尼西莫芙娜手上抱着的时候，我已经9岁多了，因此我能毫无困难地听懂讲给我听的那些故事。

柳葆芙·奥尼西莫芙娜那时候还不算太老，但头发已经雪白。她面貌清秀、温柔，高高的身躯挺得笔直，异常匀称、优美，就像个年轻姑娘一样。

妈妈和姑妈看着她，不止一次说，毫无疑问，想当年她准是个美人儿。

她为人极其正直、温柔，而且异常多愁善感，喜欢生活里的悲剧……有时爱喝上几杯。

她时常带我们到特罗伊查[①]教堂墓地上去散步，她总是坐在那儿一座

① 特罗伊查意思是“圣父、圣子、圣灵”三位一体。

竖着一个旧十字架的普通坟墓上，常常给我讲点儿什么。我就是在那儿从她那里听到了“理发师”的故事。

三

他是我们的保姆在戏院里的同事。两人的区别在于，她是“在舞台上表演和跳舞”，而他却是个“理发艺术家”，也就是理发师和化装师，给伯爵的全体农奴女演员们“勾脸和梳头”。但这不是那种耳朵后面挟一把小梳子，手拿一洋铁盒调过油脂的、研细的胭脂，普通而又平凡的理发匠，而是一个有思想的人——总而言之，是一位艺术家。照柳葆芙·奥尼西莫芙娜的说法，谁也不能比他更能让人“脸上流露出幻想的神情”。

我不敢确切地指明，这两个艺术形象的原型到底是在哪一个卡敏斯基伯爵那儿焕发艺术青春的。大家都知道有三个卡敏斯基伯爵，所有这三个家伙，奥廖尔的老住户都称之为“空前未有的暴君”。米哈依尔·费道托维奇元帅，因为性情凶残于1809年被农奴们杀死。他有两个儿子——死于1811年的尼古拉和死于1835年的谢尔盖。

40年代，当我还是个孩子的时候，记得还有一座灰色的木头房子，上面有用煤烟和赭石胡乱涂抹的、很不谐调的窗子，四周围着一道长得出奇、有一半倾颓了的围墙。这就是卡敏斯基伯爵的该死的庄园，戏院就在这儿。它刚好处于这样的位置，从特罗伊查教堂的墓地上可以看得清清楚楚，因此每当柳葆芙·奥尼西莫芙娜想要讲点儿什么的时候，几乎总是用这样几句话来做开场白：

“亲爱的，你朝那儿看看……瞧见了吧，多么可怕?”

“是可怕，阿姨。”

“唉，现在我要跟你讲的，那才更可怕呢。”

这就是她讲的那些故事当中关于理发师阿尔卡季，一个多情而勇敢的年轻人，也就是她的心上人的故事。

四

阿尔卡季只给女演员们“梳头和扮装”，男演员们另有一个理发师。只有在伯爵本人下命令，要“为某人化装成非常高贵的形象”时，阿尔卡季才间或到“男演员那边”去。这位艺术家化装手法的主要特点在于思想性。全靠着这种思想性，他能让人们脸上具有最微妙的、各种各样不同的表情。

“有时候，把他叫来，”柳葆芙·奥尼西莫芙娜说，“对他说，‘要让脸上流露出这样那样的神情。’阿尔卡季走开去，叫那个男演员或女演员在他跟前站着或坐着，他自己双手抱在胸前，思索着。这时候，他本人比所有的美男子还要美，因为他身材适中，但体格匀称，简直叫人无法形容，鼻子清秀而又高傲，天使般善良的眼睛，额前一绺浓密、蓬松的头发非常好看地从头上耷拉到眼睛上。因此有时好像觉得，他仿佛是从云雾后面向外张望。”

总而言之，理发师是一位美男子，“大家都喜欢”他，“伯爵本人”也喜欢他，“对他另眼看待，让他穿得很好，不过管他管得很严很严”。他无论如何也不愿意，除了他自己，还让阿尔卡季给旁人剪发、刮脸和梳头，因此总是让他待在自己的化装室里，除了去戏院，阿尔卡季哪里也不让去。甚至不让他到教堂里去忏悔，去领圣餐。因为伯爵本人不信上帝，他受不了僧侣们。有一次在复活节，他曾经放猎狗去咬圣保里斯和格列布教堂里拿着十字架的神父们。[①]

照柳葆芙·奥尼西莫芙娜的说法，因为伯爵总是十分凶狠残暴，所以他的样子也非常可怕，难看得很，好像所有野兽的凶相都集中到一个人身上来了。可是就连这个野兽样的家伙，阿尔卡季也能赋予他，虽说是暂时的，这样一种神情——当伯爵晚上坐在包厢里的时候，好像他比许多人还要威严些。

而伯爵的本来面目，使他感到十分苦恼的，恰恰是最缺少这种威严神情和“军人风度”。

因此，为了不让任何人有机会利用阿尔卡季这样无与伦比的高手为之效劳，阿尔卡季就“终生不准外出，有生以来，手里从来没见过钱”。那时候他已经过了二十五岁了，而柳葆芙·奥尼西莫芙娜还不到十九岁。他们自然是互相熟识的，于是在他们之间形成了在这种年龄通常会发生的事情。也就是说，他们彼此相爱了。但除了化装时当着大家的面用不着边际

---

① 在奥廖尔，很多人都知道这回事。这件事我从我的外祖母阿尔费里叶娃那儿听说过，还从一个人人都知道他从不犯说谎罪的老头儿，做生意的伊万·伊万诺维奇·安德罗索夫那儿听说过。他亲眼看见，“狗怎样在咬神父们”，只是因为他在“灵魂里留下了罪孽”，才能从伯爵那儿逃生。当伯爵吩咐把他带了去，问他：“你可怜他们吗”的时候，安德罗索夫回答说：“不，大人，就该这样对付他们——叫他们别没有事荡来荡去的。”因此卡敏斯基饶恕了他。（原注）

的暗示表达自己的心意，他们不可能谈情说爱。

单独的约会是绝对不可能的，甚至是不可思议的。

“对我们女演员们，”柳葆芙·奥尼西莫芙娜说，“是这样加以保护的，就像贵族老爷们家里保护奶妈那样——派了上年纪的、有孩子的妇女们来照看我们。如果，上帝保佑，我们当中有哪个出了什么事，那么那些女人的所有孩子就要受到可怕的折磨了。”

关于童贞的禁令，只有“本人”——那个规定它的人才能违反。

五

柳葆芙·奥尼西莫芙娜那时候不单青春美貌，而且正处在她那多方面的才华蓬勃发展的时候——她“在大合唱中唱混成曲”，“在《中国女菜园主》里领舞”，而且觉得自己有演悲剧的天赋，“只是在一旁观摩，就熟悉了所有角色”。

我说不准究竟是在哪一年了，不过是有这么一回事，皇上（我说不清，是亚历山大·巴甫洛维奇呢，还是尼古拉·巴甫洛维奇）路过奥廖尔，要在奥廖尔过夜。晚上，预料他要在卡敏斯基伯爵的戏院里看戏。

伯爵请所有贵族都到他的戏院里来（里面的座位是不卖票的），上演的是最好的剧目。柳葆芙·奥尼西莫芙娜既要唱“混成曲”，又要跳《中国女菜园主》。可是就在这个时候，最后一次排演时，侧面的布景突然倒下来，砸伤了在剧中扮演“德-布尔布兰公爵小姐”的那个女演员的脚。

无论在哪儿，我从来没碰到过叫这个名字的角色，但柳葆芙·奥尼西莫芙娜却正是这么说的。

碰倒了侧面布景的木匠们被送到马厩里去受惩罚，受伤的女演员被抬回了她的斗室，然而德-布尔布兰公爵小姐这个角色却无人扮演了。

“这时，”柳葆芙·奥尼西莫芙娜说，“我自告奋勇了，因为我很喜欢德-布尔布兰公爵小姐扑在她父亲脚边请求宽恕，披着满头蓬松的头发渐渐离开人世。而我自己的头发多得惊人，淡褐色的，经阿尔卡季一打扮——真是漂亮极了。”

一个小姑娘出乎意料地自告奋勇要求扮演这一角色，使伯爵感到十分高兴，他从导演那儿得到了令人满意的保证——“柳芭[①]不会演砸这个角色”，然后回答说：

“演砸了，要你的背脊对我负责。她嘛，用我的名义给她送一对海蓝宝石的耳环去。”

“海蓝宝石的耳环”是他们那儿一种既让人引以为荣、又叫人十分厌恶的赠品。这是获得领主的恩宠、临时被升为姬妾这一特殊荣幸的第一个标志。在这以后不久，有时是立刻传出命令，叫阿尔卡季在那个命中注定不能幸免的姑娘演出结束之后，给她打扮成“贞洁的圣柴茨丽娅的模样”，身穿雪白的衣服，头戴花冠，手里拿着百合花，就这样把这个象征innocence[②]的姑娘送到伯爵的房间里去。“这在你这个年纪，”保姆说，“是不会懂得的，但这是最可怕的，特别是对我来说，因为我一心梦想着阿尔卡季。于是我哭了起来。我把耳环丢到桌子上，痛哭不已，至于晚上

① 柳芭是柳葆芙的小名。

② 法文：童贞。

怎样演出，已经连想也不能去想了。”

六

就在这决定性的时刻，另一件，也是决定性的、考验人的事情突然落到了阿尔卡季的头上。

伯爵的兄弟从他住的农村里进城来谒见皇帝，这一个的长相更差，他很久以前就住在乡下，不穿制服，也不刮脸，因为“他脸上长满了面疱”。这时候，在这个特定的场合，得穿上制服，全身上下要收拾得整整齐齐，就像按照规矩所要求的那样，“具有军人风度”。

而要求是很多的。

“那时候要求有多严，现在的人们是不能理解的。”保姆说，那时候什么都要遵照一定的形式，对于职位很高的老爷们，不论是脸上的神情，还是头上的发式，都有一定的规矩。可是对有些人，这一套却很不合适，如果照规定的样子给他梳头，额前竖着一绺蓬松的头发，两边留着鬓角，那么整张脸就会变成一把乡下人弹的、摘掉了琴弦的三弦琴，别提有多像了，简直分毫不差。职位很高的老爷们对这样的情况怕得要命。在这方面，刮脸和梳头的手艺可就大有关系了——怎样在脸上的连鬓胡子和嘴唇上的胡髭之间剃出一道缝来，怎样安放一卷卷的鬈发，怎样梳头——就靠这个，就靠着一点点极其微妙的差别，脸上会流露出完全不同的神情。照保姆的说法，文官老爷们还比较轻松些，因为对他们并不特别注意——对于他们，只是要求样子比较温顺而已。而对于军人们，则要求他们在上级面前低眉顺眼，在其他人面前却要无限勇敢，神气活现。

阿尔卡季就是会用他那惊人的手艺让伯爵那副十分难看、毫不起眼的尊容具有这样的表情。

七

伯爵那个乡下的兄弟比城里的这个更加难看。加以住在乡下，满头满脸“须发蓬松”，弄得“一脸粗野的神气”，连他自己也感觉到了，可是没有人能给他打扮一下。因为他对一切都很吝啬，他的理发师也被他用收代役租的方式打发回莫斯科去了，而且这位二伯爵满脸上都长着老大的面疱，所以要想不割破这些面疱，就设法给他刮脸。

他驱车来到奥廖尔，把城里的理发匠们叫到他这儿来，说：

“你们当中谁能把我打扮得像我哥哥卡敏斯基伯爵那样，我就赏他两块金币。谁要是刮破我的脸，为了对付他，瞧，我在桌子上放了两把手枪。干得好——拿了金币回去，要是割破一颗面疱，或者有一根连鬓胡子没有弄好，我就立刻打死他。”

这只不过是吓唬人罢了，因为手枪里没装子弹。

那时候，奥廖尔城里的理发匠不多，而且多半只是带着洗脸盆到澡堂子里去兜揽生意——给人拔拔火罐，用水蛭放放血，既没有审美感，又缺乏想象力。他们自己也知道这一点，所以大家都拒绝为卡敏斯基“化装”。“上帝保佑你，”他们想，“也保佑你的金币”。

“我们，”他们说，“不能做到让您满意，因为这样的大人物我们连碰一碰都不配。而且我们也没有这样的剃刀，因为我们的剃刀都是普通的俄国刀子，而为您刮脸却要用英国剃刀。这只有伯爵的阿尔卡季一个人才能办得到。”

伯爵吩咐把这些城里的理发匠通通赶走。每人脖子上给他一巴掌，他们也很高兴，因为他们自由了。伯爵自己驱车去见他的哥哥，说：

“是这么一回事，哥哥，我对你有个重大的请求，傍晚以前让你的阿尔卡季到我那儿去一趟，叫他给我好好地打扮打扮。我很久没刮脸了，这儿这些理发匠都干不了。”

伯爵回答兄弟说：

“这儿的理发匠自然都是些讨厌的家伙。我甚至不知道这儿有他们这么一些人，因为就连我的狗，也是由自己的人给它们剪毛的。不过你这个请求，可是在向我要求办不到的事。因为我发过誓，只要我还活着，除了我，绝不让阿尔卡季给任何人理发、刮脸。你认为怎么样——难道我能在自己的奴隶面前改变自己的誓言吗？”

他回答说：

“为什么不能呢？规矩是你订的，你也可以取消嘛。”

可是作为主人的那个伯爵回答说，对他来说，这样的议论甚至是奇谈怪论。

“在这以后，”他说，“要是我自个儿开了这样的先例，那么我还能要求仆人们做什么呢？我跟阿尔卡什卡说过，我订下了这样的规矩，大家都知道这回事，因此给他的待遇比谁都好。要是他竟敢在我之外用他的手艺去碰一碰别人，我就打死他，送他去当兵。”

兄弟回答说：

“只能是一样——要么打死他，要么送他当兵去。两样一起来，这你可办不到。”

“好吧，”伯爵说，“就照你说的，不把他活活打死，只打个半死，然后再送走他。”

“这就是，”他说，“就是你最后的答复吗，哥哥？”

“不错，是最后的。”

“问题仅在于此吗？”

“不错，就在这里。”

“唔，这样的话，好得很，要不我就会想，你把自己的兄弟看得还不如一个农奴哩。这么着，你发的誓也不要改变它，叫你的阿尔卡季来给我的狮子狗剪剪毛吧。只要他来了，他该干什么，那就是我的事了。”

伯爵不好意思拒绝这个要求。

“好吧，”他说，“给狮子狗剪毛，我可以派他去。”

“啊，我就要这样。”

和伯爵握了握手，他就走了。

八

这时已经快到傍晚，暮色苍茫，是冬天里人们生火的时候。

伯爵把阿尔卡季叫来，对他说：

“你到我兄弟家里去，给他的狮子狗剪剪毛。”

阿尔卡季问：

“就只这件事吗?”

“再没有旁的了,”伯爵说,“不过要赶快回来给女演员们化装。柳芭今天要扮演三个角色,卸装以后,给我把她打扮成圣柴茨丽娅的模样。”

阿尔卡季·伊里奇身子突然一晃。

伯爵说:

“你怎么了?”

阿尔卡季回答:

“对不起,在地毯上绊了一下。”

伯爵暗示说:

“当心,这是不是好兆头呢?”

而阿尔卡季的心里却想,好兆头也好,坏兆头也罢,对他反正一样。

“他听到吩咐把我装扮成柴茨丽娅以后,就像什么也没看到,什么也没听到似的,拿起装在皮匣子里的理发工具,就走了。”

九

他来到伯爵的兄弟那儿,那一个已经在镜子旁边点上了蜡烛,又把两支手枪放在一旁,这次已经不是两块金币,而是十块了。手枪也不是空的,里面装上了切尔克斯生产的子弹。

伯爵的兄弟说:

“我什么狮子狗也没有,我所需要的是给我打扮打扮,让我脸上现出最勇敢的神气,然后收下十块金币,要是刮破了——我就打死你。”

阿尔卡季看了看他，看着，看着，突然——天晓得他是怎么了——动手就给伯爵的兄弟理发，刮起脸来。一会儿工夫就样样都完美无缺地弄好了，然后把金币装进衣袋说：

“再见。”

那一个回答说：

“去吧，只不过我想知道，为什么你的胆子这么大，竟敢下这样的决心?”

“我为什么敢吗，知道这一点的，只有我的胸膛和我的托肩[①]。”

“也许你会念什么刀枪不入的咒语，所以连手枪也不怕?”

“手枪——这根本不值一提，”阿尔卡季回答，“我连想也没有想它。”

“怎么会是这样呢？莫非你竟大胆认为，你那个伯爵的话比我的话更有分量，以为你即使刮破了，我也不会打死你吗？要是你不会念什么咒语的话，那你的性命可就要完蛋了。”

一跟他提到伯爵，阿尔卡季又颤抖了一下，就像半睡半醒似的说：

“我不会念什么咒语，不过我有上帝指示的主意——要是你抬起那只拿着手枪的手，想朝我开枪，就在这个工夫里，我就先用剃刀割断你的喉咙。”

说着他冲了出去，刚好准时来到戏院，动手为我化妆，他自己却浑身直打哆嗦。他刚给我卷好一绺鬈发，立刻微微弯下腰来，要用嘴唇给吹一吹。他一直低声说着同一句话：

“别怕，我带你走。”

---

① 农民穿的衬衣，用粗麻布衬在肩部，叫作“托肩”。谈到内心里的悲痛时，往往说“这只有我的胸膛和托肩了解。”意思是只有我自己心里知道。

十

演出在顺利地进行着，因为我们大家都像是些石头人，无论是对恐惧，还是对令人难过的事情，都已经习惯了——不管心里有什么事，演戏还是照常演，一点儿也让人看不出来。

从台上看到伯爵和他的兄弟——两人彼此十分相似。他们来到侧面的布景后边——甚至很难把他俩区分开来。只是我们这个伯爵一声不响，安详得出奇，仿佛性情变温和了。在他要大发脾气，干出最凶残的事情来以前，总是这个样子。

我们都吓呆了，都在画十字。

“老天爷啊！发发慈悲，救救我们吧。他那惨无人道的暴行将要落到谁的头上呢！”

关于阿尔卡沙[①]疯狂、大胆的行为，我们还都一无所知。不过阿尔卡季本人自然明白，绝不会饶恕他的。所以当伯爵的兄弟瞅了瞅他，悄悄地附在我们伯爵的耳朵上嘟嘟囔囔说什么的时候，他的脸色煞白。我的耳朵很灵，听得清清楚楚。他说：

“作为你的兄弟，我劝告你，当他用剃刀给你刮脸的时候，可要当心哪。”

我们这个伯爵只是轻轻地笑了笑。

好像阿尔卡沙本人也听到了什么，因为当他给我扮公爵小姐这最后一

① 阿尔卡沙是阿尔卡季的小名。

个角色的时候，给我多搽了许多粉——这是他从来没有过的——以致那个法国服装管理员一面给我往下抖，一面说：

“特罗·包库，特罗·包库[①]！”并且用小刷子把多余的粉给刷掉。

十一

演出全部结束，于是从我身上脱下德-布尔布兰公爵小姐的服装，给我穿上柴茨丽娅的衣服——这样一件白衣服，简直没有袖子，肩膀上只有那么几个小结——我们都无法忍受这身打扮。随后阿尔卡季来给我梳头了，要梳成画中的圣柴茨丽娅那种贞洁的少女的发式，再用发箍在上面箍一顶精致的花冠。阿尔卡季看到，我的小房间门外站着六个人。这就是说，一等他给我装扮好，退到门口，一露面，立刻就要抓住他，把他带到什么地方去折磨他。我们那儿折磨人的办法是那么可怕，谁要是命中注定非死不可，最好是死一百次，也别让他受这样的折磨。什么拷问架啦，牛筋鞭啦，用钩子钩住人的头旋转啦，这些东西，样样都有。受过这样的折磨以后，官府里的刑罚简直就算不得什么了。所有的房子底下都修了些秘密的地窖，在那里把活人像熊一样锁在铁链子上。有时候从那附近走过，时而会听到铁链叮叮当当的响声和披枷戴锁的人们的呻吟。大概是想让人知道他们的消息，或许是想让长官们听到吧。可是长官们连想都不敢想，哪里敢来过问。人们在这里长期备受折磨，有些人甚至是终生受罪。有一

---

① 说得不正确的法语，意思是太多了。

个人在这里坐着，坐着，编了这么两句诗：

蛇群爬来——他说——吸出你的眸子，一条条蝎子向你脸上洒满毒汁。

这首小诗就是自己在心中默默低吟，也会令人感到不寒而栗。还有一些人甚至是和熊锁在一起，只差半寸远，熊就能用爪子抓到他们。

只是阿尔卡季·伊里奇并没有遭遇到这些情况，因为他一冲进我的小房间，立刻抓起一张桌子，猛一下子把整个窗户都打落下来，以后的事我已经什么也不记得了……

我开始恢复知觉，是由于感到我的脚很冷。我猛一缩我的脚，感觉到我被裹在一件皮大衣里，不知是狼皮的，还是熊皮的。四周一片漆黑，三匹剽悍的马拉着雪橇向前疾驰，也不知是往哪里去。我身旁有两个人挤作一堆，坐在宽阔的雪橇里——一个人扶着我，这是阿尔卡季·伊里奇，另一个拼命地赶马……雪在马蹄下飞溅，雪橇无时无刻不在剧烈地左右颠簸。要不是我们都坐在雪橇下边的正当中，还用双手扶着，那么谁也不可能不摔下去的。

我还听到他们惊惶不安的谈话声，好像总在等着会发生什么事情似的。我只听出："在追，在追，快赶，快赶！"再没有别的话了。

阿尔卡季·伊里奇一发觉我清醒过来，立刻弯下腰对我说：

"亲爱的柳布什卡[1]！他们在追赶我们……要是咱们逃不掉，你肯死吗？"

---

① 柳布什卡是柳葆芙的爱称。

我回答说，甚至非常乐意。

他希望逃到土耳其的赫鲁舒克[①]去，那时候有很多我们的人从卡敏斯基的庄园逃到那儿去。

这时，我们突然从冰上渡过一条小河，前面出现一片灰蒙蒙的东西，好像是住家，听到狗叫的声音。车夫又朝三匹马猛抽一鞭，立刻用力猛压雪橇的一侧，压得它歪到了一边，我和阿尔卡季都跌到雪地里，而车夫、雪橇和马——全都无影无踪了。

阿尔卡季说：

"你什么也别怕，需要这样，因为拉我们的那个车夫，我并不认识他，他也不认得我们。他是花三块金币雇来的，好把你带走，他呢，也好让自己的灵魂能够超升。现在咱们是听天由命了——这就是苏哈亚·奥尔里查村，这儿住着一个大胆的神父，经常在教堂里为人举行冒险的婚礼，我们有很多的人是他给证婚的。咱们送他一点儿礼物，他会把我们一直藏到晚上，给我们在教堂里举行婚礼。到晚上车夫再到这儿来，咱们就能逃跑了。"

十二

我们敲了敲房门，走进穿堂。神父亲自给我们开了门，他是个矮小的老人，前排的牙齿缺了一颗，他的妻子是个小老太婆，年纪也很老了，正

① 指多瑙河上的赫鲁舒克城。

在吹火。我们扑到他俩的脚下。

“救救我们，让我们烤烤火，把我们藏到明天晚上。”

神父问：

“我亲爱的，你们是带着什么东西呢，还是只不过是逃亡的人？”

阿尔卡季说：

“我们没从任何人那儿带走任何东西，只是逃避卡敏斯基伯爵的凶暴和残忍，想要到土耳其的赫鲁舒克去，那儿已经有不少我们的人了。他们不会找到我们的，我们身上带着有我们自己的钱，让我们在这儿住一夜吧，为此我们给您一块金币，三块金币举行婚礼。要是您能办，就给我们主持婚礼。要是不能办，那我们就在那里，在赫鲁舒克结婚。”

神父说：

“不，为什么不能办呢？我能。何必要到赫鲁舒克去。这一切加在一起，一共给我五块金币——我就在这儿给你们举行婚礼。”

阿尔卡季交给他五块金币，我从耳朵上摘下海蓝宝石的耳环，送给神父太太。

神父拿了钱，又说：

“唉，我亲爱的，这一切本来倒也没什么——以前我是给这样的人举行婚礼，不过你们是伯爵的人，这可不大好。虽说我是神父，可他那么残暴，我见了也害怕。唉，上帝要怎样，那就怎样吧——你们再给添一块金币，哪怕是切掉一块的也行，那你们就藏起来吧。”

阿尔卡季又给了他第六块完整的金币，于是他对他那位神父太太说：

“老太婆，你干吗站着？哪怕把你的裙子和哪一件短袄拿来给这个女的穿一穿呢，要不真不好意思看她——她浑身上下就跟没穿衣裳似的。”

随后他想领我们到教堂去，让我们藏到装袈裟的箱子里。但神父太太刚刚给我在隔板后面穿衣服，突然听到门上叮当一声，有人用门环敲门。

十三

我们两人的心好像都停止跳动了。神父对阿尔卡季低声说：

“喂，亲爱的，看来现在你们不能到装袈裟的箱子里去了，你赶快钻到羽绒褥子底下去。”

又对我说：

“你呢，亲爱的，喏，到这儿来。”

他把我拉到钟罩子里藏起来，然后把它锁上，钥匙放在自己的衣袋里，于是走过去给来人开门。我听到，来的人很多，有人站在门旁，还有两个人已经在外面向窗子里张望了。

进来了七个追赶的人，都是伯爵手下的猎人，拿着短锤和短柄长鞭，腰带上掖着拴狗的绳子，跟他们一道进来的第八个人是伯爵的管家，穿一件高领的狼皮长大衣。

我藏身的那个钟罩，前半部分是一排锯好的木条做成的栅栏，前面蒙一块很旧的薄纱，我能透过薄纱看到外边。

神父，那个小老头儿害怕了，也许是觉得事情不妙——他在管家面前浑身发抖，一面画十字，一面急急忙忙地叫嚷：

“啊，我亲爱的，啊，亲爱的好人！我知道，知道你们在找什么，只不过在最英明的伯爵大人面前，我毫无罪过。真的，一点儿也不错，我没有罪过。真的，没有罪过！”

可是他一画十字，就隔着左肩用手指指我躲着的那个钟罩子。

“我完了。”看到他这个古怪动作，我心里在想。

管家也看到了这个动作，于是说：

“我们什么都知道。把这个钟上的钥匙拿来。”

神父又摆摆手：

“啊，我亲爱的，啊，我的好人！请原谅，请别见怪，我忘了把钥匙放在哪儿了。真的，忘了。真的，忘了！”

这么说着，却一直用另一只手抚摩自己的衣袋。

管家又看到了这个动作，于是从他的衣袋里取出钥匙，打开了钟罩。

“钻出来吧，”他说，“小母鹰，现在你的雄鹰可要自己站出来了。”

阿尔卡沙已经站出来了——他把神父的褥子从身上撩开，摔到地上，站在那儿。

“是啊，”他说，“看来，毫无办法，你们赢了——把我带走，折磨我吧。不过她却毫无过错，是我硬把她带出来的。”

他转身面对神父，什么也没说，只是朝他脸上啐了一口。

神父说：

“我亲爱的，你们看到了吧，对我这个神父和我的忠实，这是多么大的侮辱？请把这一点儿也禀告最英明的伯爵。”

管家回答他说：

“没关系，别担心，这一切都会跟他算账的。”于是，吩咐把我和阿尔卡季带出去。

我们分乘三辆雪橇——被捆绑着的阿尔卡季和猎人们坐最前面的一

辆。我也是由这样一些人押送着，坐在最后一辆雪橇上。其余的人都坐在中间一辆上。

不管在哪儿，人们碰到我们都纷纷让路，心想，也许这是在举行婚礼吧。

十 四

很快就跑到了。一进伯爵的院子，我就再没看到阿尔卡沙坐的那辆雪橇了。我却被带到我从前住的地方，被一遍又一遍地审问——我和阿尔卡季单独在一起有多长时间了。

我对所有的人说：

“唉，甚至根本没在一起待过！”

大概我一生下来就命中注定了不能和心爱的人在一起生活，而只能跟厌恶的人待在一起，我没能逃避这样的命运。回到自己的小房间里，只能把头埋在枕头里，想要为自己的不幸痛哭一场，可是突然听到从地板下面传来了可怕的呻吟声。

我们那里情况是这样的：我们姑娘们都住在木头房子的二层楼上，底下是一间阔大的房间，我们就在那儿学习唱歌、跳舞。底下不论有什么声音，我们上面都能听到。准是地狱里的魔鬼头儿给他们这些残酷无情的家伙出的主意，叫他们在我的卧室底下折磨阿尔卡沙……

我一猜到这是在折磨他……立刻冲过去……扑到门上，想要跑到他那儿去……可是门锁着……我自己也不知道我想要干什么……我跌倒了，而在地板上听得更清楚……既没有刀子，也没有钉子——没有任何东西能让我寻个自尽……于是我不管三七二十一，动手绕自己的辫子……把它缠到脖子上，一直在拧啊，拧啊，只听到耳朵里嗡嗡地响，眼前是一个一个圆圈，于是失去了知觉……我又恢复知觉时是在一个陌生的地方，在一间大而明亮的农舍里……那儿还有小牛犊……很多小牛犊，有十几头——那么温和，有一头走到我身边来，用冰凉的嘴唇舔我的手，寻思是在吃母亲的奶哩……我觉得发痒，所以就醒了……我用眼睛看看四周，心里想：我是在哪儿啊？一看，进来一个上了年纪的妇人，高高的个儿，穿一身蓝色粗花布衣裳，围一块挺干净的粗花布头巾，生着一张很温柔的脸。

这个妇人看到我恢复了知觉，就对我挺亲热的，并且说，我现在是在伯爵家养小牛的农舍里……“这不是，就在那里，”柳葆芙·奥尼西莫芙娜解释说，一面用手指着那座有一半倾颓了的灰色建筑物最远的角落。

十五

她来到牛舍，是因为人们怀疑她是不是疯了？对这种像牲口似的疯子，一向是弄到养牲口的地方去考验他们。因为养牲口的都是些上了年纪的、老成持重的人，一般认为他们能够“监视”精神病人。

柳葆芙·奥尼西莫芙娜在穿粗花布衣裳的老太婆那儿弄清了她身在何处，这个老太婆心地非常善良，名字叫德罗西达。

“她在傍晚前，自己刚一拾掇好，”保姆接着说，“立刻亲手用燕麦秸给我铺床。她铺得那么松，那么软和，简直像个小羽绒褥子似的。她说：

‘姑娘，我把什么都告诉你。你要是讲出去，说是我说的，我也豁出去了。我也是像你一样的人，并不是一辈子都穿着这身粗花布衣裳，我也见过别的生活，只是老天爷可千万别让我想起过去的事。我对你说，你可别为了流放到牲口棚里伤心难过——流放到这里倒好些，只是要当心这个可怕的小瓶儿……’

“她从围巾里面取出一个白色的小玻璃瓶，拿给我看。

“我问：

“‘这是什么?’

“她回答说：

“‘这就是那个可怕的小瓶儿，里面装着能让人忘掉一切的毒药。’

“我说：

“‘把会忘掉一切的毒药给我，我想把什么全都忘却。’

“她说：

“‘你别喝，这是伏特加。有一回我控制不住自己，喝了……好心的人们不给我……现在我不能不喝——我需要这个。你可别喝，趁现在还能不喝。我可要咂一点儿，你别责备我——我痛苦极了。你在人世间还有安慰——上帝已经把他从残酷的折磨当中救出来了!’

“我突然大叫一声：‘他死了!’而且一把抓住自己的头发，我一看，这不是我的头发——头发是白的……这是怎么回事!

“她却对我说：

“‘你别害怕，别害怕，还在那边，把你脖子上的辫子解开的时候，你的头发就已经白了。他还活着，而且得救了，再不会受可怕的折磨了——伯爵给了他这样的恩典，从来没有任何人得到过的——等到夜里，天一

黑，我就把一切都告诉你，现在我再咂一点儿……多少得咂一点儿……心里烧得慌。'

“她一直在咂一点儿，咂一点儿，于是睡着了。

“夜里，等大家都睡熟了，德罗西达大婶又轻轻地站起来，摸黑走到小窗子前面。我看到，她又站着从小瓶子里稍许喝了一点儿，然后又把它藏了起来，轻轻地问我：

“'悲痛平息下来了吗?'

“我回答：

“'悲痛没有平息下去。'

“她走到我床前来，说，阿尔卡季受了处罚以后，伯爵把他叫了去，对他说：

“'凡是我对你说过的，你样样都得经历一番。不过既然你是我特别宠爱的人，现在你将得到我的恩典——明天我就送你当兵去，没有期限。不过因为像我兄弟这样一位伯爵，一位贵族，还拿着手枪，你都不怕他，所以我要为你开辟一条光荣的道路——既然你显示了高尚的品质，我也不愿贬低你。我寄封信去，叫他们立刻派你去作战，你也不会当一名普通的小兵而是在团里当一名中士，你可要表现得勇敢些。到那时候，你就不是服从我的意志，而是在沙皇的意志支配之下了。'

“'他现在，'穿粗花布衣裳的老太婆说，'轻松一些了，再也没有什么可怕的了。只有一样在支配他——打仗的时候死在战场上，而不是受老爷们儿无情的折磨。'

“我也就相信了，三年来每天夜里都梦到同样的情况——阿尔卡季·伊里奇在打仗。

“就这样过了三年，在这段时间里，多亏老天爷给我的恩典，没有把我弄回戏院里去。我一直留在这儿，留在养小牛犊的农舍里，做德罗西达大婶的帮手。我在这儿过得挺不错，因为我可怜这个女人。有时，当她在夜里酒喝得不太多的时候，我很喜欢听她说闲话。她还记得，老伯爵是怎么被我们这些底下的人，还有他的侍从总管杀死的——因为人们无论如何再也不能忍受他那凶残暴虐的胡作非为了。不过我还是一点儿酒也不喝，并且很高兴替德罗西达做很多事情。这些小牛犊就好像是我的孩子，有时候跟小牛犊会处得那么熟。一旦把它喂大了，却要牵出去宰掉，送上餐桌，那时候自己就会给它画十字，在这以后会为它哭上三天……我已经不能再登台演出了，因为我的脚走起路来已经不大好看了，有点儿摇摇摆摆的。从前我走路步态轻盈，比谁都好看。可是这会儿，在阿尔卡季·伊里奇在我失去知觉的时候带我在大冷天里出走以后，大概我的脚受了冻，再要跳舞，脚尖连一点儿力气都没有了。我也像德罗西达一样，成了个穿粗花布衣裳的女人，而且天知道在这忧郁的环境里会过到什么时候。可是，有一天傍晚前我待在自己屋里，太阳快下山了，我正在窗前把一束纱线绕开，突然有一块小石头落到了我的窗子里，石头外面严严实实包着一层纸。”

十六

我东张西望，又望望窗子外面——一个人也没有。

“大概，”我想，“这是什么人故意隔着篱笆扔进来的。不过没有扔到他想要扔去的地方，却丢到我和老太婆这儿来了。”我暗自寻思：“我是不是要打开这张纸呢？似乎最好还是打开它，因为那上面一定写着些什么。说不定这对什么人是很重要的。我会猜出来，并且严守秘密，然后再把这张字条和小石子照原样丢给本该丢给他的那个人。”

我打开那张纸，看了起来，简直不相信自己的眼睛……

十七

“上面写着：

“‘我忠实的柳芭!我为皇上效命疆场，曾不止一次负伤流血，为此已晋升为军官并获得了贵族身份。现在我获准休假，前来医伤，住在普什卡尔镇上客店的老板那儿。明天我将佩戴上所有勋章和十字章去见伯爵，带着给我治伤用的全部现金——五百卢布，请求为你赎身，希望我们能在至高无上的上帝的祭坛前举行婚礼。’

“接下去，”柳葆芙·奥尼西莫芙娜一直抑制着自己的感情，接着说，“是这么写的：‘不管您曾，’他说，‘看到有什么样的灾难威胁着您，或遭遇过什么不幸，我都把它看作您的苦难，而不认为那是您的罪过或弱点，我把那一切都归之于上帝的意旨，对您却只有敬意。’下款是：‘阿尔卡季·伊里因’。”

柳葆芙·奥尼西莫芙娜立刻在炉口前把信烧掉，跟任何人，甚至跟穿粗花布衣裳的老太婆都没有提起这封信，只是整夜都在向上帝祷告。她没有一个字是为自己，全都是为他祈祷。因为，她说，“尽管他信上写着，现在他是个军官，而且有十字勋章，还受了不少伤，可我无论如何不能想象，伯爵会不会像以前那样对待他。”

简单点说，她害怕人家还会打他。

十八

第二天一大早，柳葆芙·奥尼西莫芙娜就把小牛犊领到太阳地里，用木盆里结了一层薄皮的牛奶喂它们。突然听到，外边——篱笆外边，人们正急急忙忙地往哪里跑，还起劲地互相谈论着。

“他们在谈什么，”她说，“我连一句也听不清，可是她们的话却像刀子似的刺痛我的心。这时候除粪的菲力普来了，他一进大门，我就对他说：

“‘菲留什卡，大哥，你没听到，人们是为什么奔跑，为什么这么好奇地谈论吗？’

“他回答说：

“‘这是，’他说，‘他们这是去看普什卡尔镇上的客店主夜里杀死了一个睡着了的军官。把喉咙，’他说，‘全割断了，五百卢布也给偷走了。把他抓住了，浑身都是血。据说，钱也带在他的身上。’

“他刚对我说完这些，我突然扑通一声跌倒在地上……

“事情就是这样的：这个客店主杀害了阿尔卡季·伊里奇……于是把他埋葬在这儿，就在我们坐着的这座坟墓里……是啊，现在他还在这儿，就在我们下面，躺在这块土地底下……不然的话，你想我为什么总是要和你们到这儿来散步呢……我并不是想看看那里，”她指指那片阴森森的、灰白色的废墟，“而是为了在这儿坐一会儿……稍许为他祈祷一下，让他的灵魂安息……”

十九

这时，柳葆芙·奥尼西莫芙娜住了声，认为自己的故事已经讲完了，于是从衣袋里掏出一个小瓶来“悼念他”，或者是“咂一点儿”，但我问她：

“是谁把这位著名的理发师埋葬在这儿的？”

“省长，亲爱的，省长本人来参加了葬礼。可不是吗！军官哪——做弥撒的时候，不管是助祭还是神父，都管他叫‘贵族’阿尔卡季，棺材一放下去，士兵们就朝天鸣枪致哀。后来，一年以后，刽子手在伊里因克的广场上当众鞭打那个客店老板。为了阿尔卡季·伊里奇，打了他四十三鞭，他倒受得住——活下来了，给他打上烙印，流放了去服苦役。我们这儿的男人们，凡能去的，都跑了去观看。那些老头子们回忆起，为了那个惨无人道的伯爵，是怎么惩罚犯人的，他们说，这四十三鞭还太少了。因为阿尔卡沙是普通老百姓出身，那些杀伯爵的人却挨了一百零一下。根据法律，不能打双数，总要打成单数。那时候，据说特意接了一个土拉的刽子手来，行刑以前给他喝了三杯罗姆酒。后来他是这样打的，头一百鞭完全是为了折磨人，挨打的一直活着，后来第一百零一鞭啪的一声打下去，把整个脊椎骨给打散了。人们动手把他从木板上扶起来，可他已经奄奄一息……拿块席子给他盖上，送往监狱里去——在路上就死掉了。那个土拉人，据说还一直在嚷嚷着：‘让我再打一个——我要把所有的奥廖尔人打死。’”

“那您呢，”我说，“去参加葬礼了吗？”

“去啦，跟大家一道去的。伯爵吩咐，把戏院里的全班人马都带去看一看，我们的人当中，有人能得到多大的体面。”

“也跟他告别了吗?”

“是啊，那还用说吗!大家都走上前去，跟他告别。我也……他样子变了，都叫我认不出了。很瘦，而且面色苍白——人们说，全身的血都流光了，因为还是在半夜里就被杀死了……他可流了多少血呀……”

她不作声了，陷入沉思。

“后来，”我说，“您自己是怎么忍受下来的?”

她仿佛清醒了过来，用手在额上抹了一把。

“起初我记不得，”她说，“是怎么回到家里的……要知道，是跟大家在一起——大概是有谁把我领回来了……到晚上，德罗西达·彼得罗芙娜说：

“‘唉，这样可不行——你不睡觉，可是却躺着，像个石头人似的。这可不好——你哭吧，让眼泪从心里流出来。’

“我说：

“‘我哭不出来，好婶子，我的心就像一块炭一样在燃烧，没有泪呀。’

“她说：

“‘唉，这就是说，现在小瓶子是免不了啦。’

“她用自己的小瓶子给我倒了一点儿，说：

“‘以前我不让你这么做，劝你不要喝，现在没办法了——浇浇那块炭，咂一点儿吧。’

“我说：

“‘不想喝。’

“‘傻姑娘，’她说，‘一开始谁又想喝呢？要知道，它是苦的，苦得要

命，可是悲痛的毒药更苦。你用这种毒药浇在那块炭上——它会暂时熄灭的。快喝，咂一点儿吧!’

“我一下子就把一小瓶全都喝光了。真难喝啊，不过不喝就睡不着，第二天夜里也是这样……我又喝了……现在少了它就没法儿睡，我自己也弄了个小瓶儿，经常打点儿酒……你，好孩子，可永远别对妈妈讲起这个，永远也别出卖普通的老百姓们。因为，要知道，普通的老百姓应该受到爱护，老百姓们总是受苦受难的。等我们回家去的时候，我又要在拐角后面敲敲小酒馆的窗户……咱们自己不到里边去，我把我的空瓶递进去，就会给我一瓶满的。”

我很受感动，答应无论什么时候，无论如何决不讲出她这个“小瓶儿”的事来。

“谢谢，亲爱的——你别说话，我需要这样。”

现在我看到她，而且听到：经常是这样，每天夜里，当家里人们都睡着了以后，她从床上轻轻地欠起身来，不让内衣里的衬片发出一点儿响声。她留神听一听，然后站起来，用她那修长的、冻伤了的腿悄悄地走到窗边……站一会儿，四下里张望一下，听一听——妈妈是不是从卧室里走过来了，然后轻轻地把“小瓶儿”的瓶颈放到嘴里，碰在牙齿上发出轻微的响声。对准了，于是“咂”了起来……一口，两口，三口……浇灭了炭火，也“悼念”了阿尔卡沙。然后又回到床上去，一下子钻进被窝，不久就发出极其轻微的呼哨声，——咈——咈，咈——咈，咈——咈。她睡着了!

我这一生还从未见过比这更为可怕，更加裂人心肺的悼念仪式。

织补工

一

在新年里向每一个人应许新的幸运，这样的祝愿是非常愚蠢的。可是，要知道，有时候真会有这样的事情。请允许我就这个题目给你们讲一件完全像圣诞节故事一样的小事。

很久以前，我曾多次去莫斯科短期休假。有一回，在那里耽搁的时间超过了我的预计，在旅馆里我已经住腻了。当地一座古老的教堂里，有个诵经士听到我向我的朋友、那座教堂里的神父抱怨遇到种种不便，就说：

“神父，倒不如让他住到我亲家[1]那儿去——现在他那儿有间朝街的房子空着。”

“哪个亲家那儿？”神父问。

“华西里·科内奇那儿。”

“啊，是‘列普坦裁缝师傅’！”

“就是他。”

“可不是，这当真是好极了。”

于是，神父跟我解释说，他认得他们，房子也挺不错，诵经士又给添

---

① 指孩子的教父，不是我们所说的那种儿女亲家。

上了一样好处。

“要是，”他说，“有什么衣服破了，或者裤子上的贴边磨坏了——随便什么，都会给您修补好，叫人一点儿也看不出来。”

我认为不必再多问什么了，甚至没去看看那间房子，就把我旅馆房间的钥匙和一张注明委托他代办一切的名片交给诵经士，托他去跟旅馆结清账目，把我的东西全都从那儿搬到他亲家家去。然后，我请他回来一趟，送我去新的住处。

二

诵经士很快就办妥了我委托他代办的事，只过了一个钟头稍多一点儿，就到神父这儿来叫我了。

“咱们走吧，”他说，“您的东西都已经在那儿安置妥当，布置好了，小窗子也给您打开了，通花园那边阳台的小门也打开了，我跟亲家还在那儿，在阳台上喝茶来着。那儿可真好，”他说，“四周一片花海，醋栗丛里小鸟成群，窗下笼子里一只夜莺轻声鸣啭。比别墅里还好，因为到处郁郁葱葱，同时日常生活中的一切又都安排得井井有条。要是有哪个纽扣松了，或者贴边磨坏了，立刻就会给您缝好，补好。”

诵经士是个衣冠整洁，十分讲究穿着的人，因此他非常强调我这新的住处在这方面的好处。

而且神父也在给他帮腔。

“不错，”他说，“tailleur Lepoutant[①]是这方面的能手，不论在莫斯科，还是在彼得堡，再也找不出第二个来。”

“是个专家。”诵经士一面递给我大衣，一面一本正经地提示说。

这位Lepoutant是个什么人，我并不去细细想它，况且这和我也毫不相干。

三

我们是走着去的。

诵经士坚决地说，不值得叫车，因为好像只有“两步路，散散步就到了”。

然而实际上足有半小时的路程，但诵经士想要“散散步”，也许并不是没有炫示一下他手里那根带淡紫色绸穗头的手杖的意思。

列普坦的房子坐落在莫斯科河南岸，到雅乌兹去的某个地方。现在我已经记不得这是在哪个教区，那条巷子叫什么了。不过，说实在的，这也不是一条巷子，倒不如说是一条偏僻的小死胡同，好像古代的教会区。有一座小教堂，周围是一条曲尺形的弯路，就在这条弯路上有那么六七幢房子。房子都不大，平淡无奇，都是木头造的，只有一座，半层是石头的。这座房子最显眼，也最大，在它的整个山墙上钉着老大一块铁皮招牌，上面黑底金字，用大写的字母清清楚楚写着：“Maître tailleur Lepoutant”。[②]

---

① 法语：列普坦裁缝。

② 法文：裁缝师傅列普坦。

显然这里就是我的住处了。不过我觉得奇怪：我这位名叫华西里·科内奇的主人为什么要叫“Maître tailleur Lepoutant”呢？当神父这样称呼他的时候，我想，这不过是开玩笑罢了，并不认为其中有什么含意。但现在看到招牌，我必须改变自己的结论了。显然这是郑重其事的，因此我问我的向导：

“华西里·科内奇是俄国人，还是法国人？”

诵经士甚至大吃一惊，好像没有立刻听懂我的问题，后来才回答说：

“您这是怎么了？怎么会是法国人呢——纯粹的俄国人!他做的供市场出售的衣服也是地地道道的俄罗斯服装——腰间打褶的男外衣以及这一类的衣服。不过在全莫斯科，他最出名的是织补，不知有多少旧衣服经过他的手，在市场上又当作新的卖。”

“不过，”我好奇地问，“他大概是法国出身吧?”

“不，”他说，“干吗是法国出身？他是地地道道、在这里土生土长的俄国人，还给我的孩子们领洗来着。要知道，我们都是信教的人，都是正教徒。可您为什么要这样想，为什么认为他有法国血统呢?”

“他招牌上写的是法国姓嘛。”

“啊，这个，”他说，“根本不值一提——只不过是幌子罢了。而且也只是在这块最大的招牌上才写法文，而在大门口，你瞧，还有另一块俄文招牌，这一块更可靠。”

我一看，果然不错，大门口另有一块招牌。上面画着农民穿的厚呢上衣，腰间打褶的男外衣，还有两件黑坎肩，钉着闪闪发光的银纽扣，就像夜空里的星星，下面写的是：

“缝制俄罗斯服装和袈裟、法衣，专门翻改呢绒毛料，精工织补。”

在这块招牌上，“缝制服装和翻改、织补”者的姓没有写出全文，只有姓名的第一个字母“B. Λ.”。

四

房子和主人当真远远胜过他们所做的一切称赞和描绘，因此我立刻有一种宾至如归的感觉，不久就喜欢上我这位好心肠的房东华西里·科内奇了。不久我就和他在一起喝茶，亲切地谈论起各式各样的事物来。就这样，有一次坐在阳台上喝茶的时候，我们谈起了所罗门的圣诗，谈到其中关于帝王的那些议论，谈到世间一切都是空虚的，谈到我们大家都倾向于为了尘世上一切空虚的事物孜孜不倦，劳碌终生。就在这时谈到了列普坦的问题。

我不记得到底是怎么谈起来的了，只不过结果是华西里·科内奇想要给我讲一段奇怪的故事——他是怎样，由于什么原因挂上“这块法国招牌”的。

这跟社会风尚和语言规范——虽说是写在招牌上的——都多少有点儿关系。

科内奇随随便便地开了个头，不过讲得很有意思。

“我本来，先生，”他说，“根本不姓列普坦，而是姓另一个姓，是命运本身给我挂上了这块法国招牌。”

五

我是土生土长的莫斯科人，出生于最穷苦的穷人家庭。我祖父在罗果什关卡附近卖鞋垫，卖给那些古板的旧教徒们。是个挺好的小老头儿，真像个圣徒一样——头发胡子全白了，跟只小白兔似的，一直到他过世都是靠自己的劳动过活。经常是买一块毡来，照着鞋底剪成一块一块的，用线一双一双地钉起来，沿街“叫卖”。他吆喝的声音挺柔和——“鞋垫儿，鞋垫儿，谁要鞋垫儿。”就这样，有时走遍全莫斯科，他卖的东西总共只要一个戈比，可就靠着它过活。我父亲是个做老式服装的裁缝，他给最守教规的旧教徒缝制那种农奴穿的、打三道褶的长上衣，他要把自己的手艺传授给我。可是我从小有一种特殊才能——织补。剪裁我不怎么在行，织补却是我最爱做的。我干这活儿是那么得心应手。不管是哪儿，哪怕是最显眼的地方，我给补上以后，也很难看得出来。

老头儿们对我父亲说：

“这孩子的才能是上帝赐给的，哪里有才能，哪里就有幸福。”

果然如此。不过，不论要得到什么幸福，都得乐天知命，耐心等待。我也曾遭遇到两次不小的考验：第一次，我的父母双双过世了，抛下我小小的年纪，独自一人。第二次，圣诞节那天夜里，当我在教堂里做早祷的时候，我住的房子被火烧掉了，我的裁缝店也全烧光了——什么熨斗哇，小木箱啊，还有人家拿来织补的衣服，通通烧得一干二净。那时候，我落到了十分可悲的境地，但也就是由此迈出了我走向幸福的第一步。

六

有一个主顾，他的一件挂了面子的皮袄在使我破产的火灾中被烧掉了，他到我这儿来，说道：

“我的损失很大，而且就在节日之前弄得我没有皮袄穿，也叫人很不愉快。不过我看得出，从你这儿没有什么可拿的，反倒需要帮帮你的忙。如果你是个能干的小伙子，我倒想把你领上一条挺不错的道路，不过有个条件，以后你要赔偿我的损失。”

我回答说：

“只要上帝允许，那我是很乐意的——我认为还债是首要的义务。”

他吩咐我穿好衣服，领我到总司令官邸对面的一家旅馆里，去见餐厅的副管理员，当着我的面对他说：

“喏，”他说，“这就是我跟您说过的那个帮手，对你们的生意，说不定他倒是挺合适的。”

他们的生意就是给客人们熨平旅途中在箱子里揉皱了的各种衣服，根据需要，把所有破了、坏了的地方都给修补好。餐厅副管理员交给我一件衣服，试试我的手艺，看到我做得不错，就让我留下来了。

“现在，”他说，“是圣诞节，来了很多老爷们，大家都在饮酒作乐，以后还有新年和主显节——不像话的事就更多了——你留下来吧。”

我回答说：

“好的。”

领我来的那个人说：

“喂，小心着点儿，干起来吧——在这儿是能挣钱的。只不过要听他（就是说餐厅副管理员）的，就像听牧师的话一样。上帝不让人安生，所以给派个牧师来。”

把我领到后边走廊里靠窗子的一个旮旯里，于是我就干起来了。我不知给多少老爷们补过衣服，大概连数都数不清。不过要是抱怨的话，那可是罪过。我自己混得也挺不错，因为活儿多得吓人，给的报酬也相当可观。普通人是不会在那里下榻的，来的全是些衣着华丽的人，他们都喜欢和总司令隔相对，在同一个位置上站一会儿。

要是突然在马上要穿的衣服上意外地发现了破损的地方，那么织补好这样的破洞，给的报酬就格外优厚。有时候甚至会觉得怪不好意思的——破洞只不过有10戈比硬币那么大，补得让人看不出来了，就会给一块金币。

补一个小洞的报酬从来不会少于一块金币。不过，当然是要求有真正的好手艺，要补得天衣无缝，一点儿破绽也看不出来。

从这些钱里，从每一笔报酬里，分给我三分之一，三分之一归餐厅的副管理员，还有三分之一分给在各个房间里为老爷们清理旅途中带来的皮箱、刷洗衣服的侍役们。主要的事情全靠他们，因为是他们把衣服揉皱，磨损，弄出破洞来的，因此他们得两份，其余的归我。只不过单我得的这一份，也足够了。我已经从走廊上的旮旯里搬出来，就在那个院子里为自己租了一间比较安静的小房子。一年以后，餐厅副管理员的妹妹从乡下来了，我就跟她结了婚。我现在的老伴儿，就是您见过的——那就是她，她已经活到了令人尊敬的高龄，说不定这一切都是靠她的福气，是上帝赐给她的。我结婚的方式简单得很，餐厅的副管理员说：“她是个孤儿，你应该让她幸福。以后，因为她的关系，你也会交好运的。”她也说：“我是个有福气的人，为了我，上帝会给你赐福的。”突然，仿佛当真因此发生了一件意料不到的事情。

七

圣诞节又到了，又是在新年前夕。晚上我正坐在自己家里织补一件衣服，已经想要收工，上床去睡了，突然旅馆里的一个茶房跑了来，说：

“赶快，一号房间里住了一个可怕的王[①]——所有的人几乎都叫他给打遍了，打一个，给一块金币——这会儿他叫你去见他。”

“他叫我去干什么？”我问。

“他要去参加舞会，”他说，“穿衣服的时候，在最后一分钟发现燕尾服上很显眼的地方烧穿了一个洞，他把那个刷衣服的人狠狠地揍了一顿，给了他三块金币。赶快跑着去吧，尽量快着点儿。他那个凶劲儿，简直赛过所有的野兽。”

我只是摇摇头，因为我知道，为了弄点儿外快，他们是怎样故意弄坏客人们的东西的。不过我还是穿上衣服，去见那个赛过所有野兽的“王”。

预计报酬准不会少，因为一般认为，一号房间是旅馆里的“王牌”房间，不是挥金如土的阔佬是不会住在那儿的。我们旅馆里一号房间一昼夜的收费标准，照现在的算法，是十五卢布。照那时候的算法，是五十二个

---

① “王”本来是扑克牌中的“王牌”，这里是指住在一号房间里的客人。见下文。

半卢布的纸币，谁住在那里，就管他叫“王”。

现在领我去见的这一个，样子别提多可怕了，真是吓人——个头儿老高，脸色黝黑，神气粗野，当真是赛过所有的野兽。

“你，”他用恶狠狠的声调问我，“你能把破洞补好，补得一点儿也看不出来吗?”

我回答说：

“这得看是什么料子。要是毛料的话，那就能补得很好。要是闪闪发光的缎子，或者丝质的摩登料子，这种活儿我可不接。”

“你自己看，”他说，“是个摩登货。昨天不知哪个坏蛋，大概是坐在我后面，用纸烟在我的燕尾服上烧了个洞。你先仔细瞧瞧，然后告诉我。”

我仔细检查过了，然后说：

“这能补得很好。”

“要多少时间?”

“过一个钟头，”我回答，“就能弄好。”

“弄吧，”他说，“弄得好，有赏。弄不好，当心脑袋挨揍。你去好好打听打听，我怎样把这儿的伙计们挨个儿痛打了一顿。你要记住，我打起你来，还要厉害一百倍。”

八

我回去织补去了，可是心里不太高兴。因为究竟该怎样搞，并不总是信心十足的——比较松软的呢料，可以粘合得好一些。比较粗硬的，就很难弄得起毛，补得让人看不出来。

不过我还是做得挺不错，可是没有自己送去，因为我很不喜欢他的态度。这种活儿是说不准的，不管你做得多么好，可有人还是爱挑刺儿——很容易遇上不愉快的事。

我打发妻子把燕尾服送去交给她的哥哥，并且嘱咐她，放下衣服，自己赶快回家。等她一跑回来，我们就赶快从里面锁上房门，用搭钩搭上，然后就安歇了。

早上我起来，照我自己的习惯安排这一天的事情——坐下来做裁缝活儿，想着王牌房间里的老爷会给我什么报酬——是一笔赏钱呢，还是揍我的脑袋。

突然，下午一点多钟的时候，来了一个茶房，他说：

“一号房间里的老爷叫你去见他。”

我说：

“说什么我都不去。”

“这是为什么呢?”

“就是这么着——不去就是不去。就算我的活儿白做了，我也不愿意看见他。”

那个茶房说：

“你用不着光害怕，他对你非常满意。他穿着你补的燕尾服参加舞会，迎来了新年，谁也没看出衣服上有个洞。现在他那里早饭前来了好多客人，向他祝贺新年，喝了不少酒，后来谈起你做的活儿来，他们打了个赌——看谁能找到那个洞，可是谁也找不出来。现在他们兴高采烈，趁机为你的俄罗斯手艺举杯祝贺，都想见见你本人。快点儿去吧——由于这件事，新的幸运正在新年里等着你哩。”

妻子也坚持要我去。

“去吧，去吧，我的心肝。”她说，“我感觉到，咱们新的幸运就打这儿开始了。”

我听从他们的话，去了。

九

在一号房间里，我见到了十多位老爷，大家都已经喝得有几分醉意了。我一进去，立刻递给我一个盛满葡萄酒的高脚酒杯，并且说：

“为你的俄罗斯手艺，跟我们一道干一杯，凭你这样的手艺，你能为我们的民族增光。”

喝酒的时候，他们还说了许多这一类的话，而我做的这点儿事可根本不配受到这样的称赞。

我自然表示感谢，并且躬身施礼，还为俄罗斯，为他们的健康干了两杯。再多了，我说，这种甜酒我可不能喝了，因为我喝不惯这种酒，而且跟他们在一起喝酒，我也不配。

一号房间里那个可怕的老爷回答说：

“老弟，你是头驴子，是个傻瓜，是个畜生——你自己不知道自己的价值，不知道照你这样的才能，该得多少报酬。你在除夕夜帮了我的忙，改变了我的命运——昨天我在舞会上向一位出身名门的，我心爱的姑娘表白了我的爱情，她答应了，在这个肉食期[1]我就要结婚了。”

“祝您，”我说，“祝您和您未来的夫人婚姻美满，幸福无限。”

“你为此干一杯。”

我不能拒绝，于是喝干了，然后请求他让我回去。

“好吧，”他说，“只是你要告诉我，你住在哪儿，你的名字、父名和姓是什么，我要做你的恩人。”

我回答说：

“我叫华西里，是科诺的儿子，姓拉普金。我的裁缝店就在旁边，那儿有块小小的招牌，上面写着：‘拉普金’。”

我这么讲着，没有注意所有的客人听到我的话突然都哈哈大笑起来，一个个笑得前仰后合。我为他补燕尾服的那个老爷不知怎的，无缘无故啪地给了我一记耳光，然后朝另一边，啪地又是一记耳光，打得我都站不稳了。他推了我一下，接着一步一步，一直把我推到门口，猛一下子推出门去。

我什么也弄不懂，赶快撒腿就跑。

回到家，妻子问道：

“快点儿说说看，瓦辛卡[2]，我的好运道给你带来了什么好处？”

我说：

“玛申卡，你就别盘问了。只不过要是照这样开个头，往后还一直是这样的话，那么，为了你的好运道，最好还是别活下去了。我的天使，这

---

① 从圣诞节到大斋期之间。

② 瓦辛卡是华西里的爱称。

个老爷把我痛打了一顿。”

妻子大吃一惊——怎么，这是因为什么过失呢？我当然说不出来，因为我自己也是莫名其妙。

就在我们这么谈论着的时候，突然听到我们小小的穿堂里有什么东西乒乒乓乓，稀里哗啦，一阵乱响。一号房间里我那位恩人走了进来。

我们俩都站起来，瞅着他，他不知是由于怒火中烧呢，还是因为又喝了些酒，只见满脸通红，一只手里拿着扫院子的人那把长柄斧头，另一只手里抓着一把已经劈成碎片的木材。那本来是我那块做得很粗糙的招牌，上面标明了我那可怜的手艺和我的姓氏：“精工织补，旧衣翻新，拉普金”。

十

老爷拿着这些劈碎的木板走了进来，一甩手就把它们扔进炉子里，然后对我说：“穿上衣服，马上跟我一道坐车出去——我给你安排幸福生活。不然的话，你，你的妻子，还有你们这儿的一切，都要像这些木板一样，我要通通砍掉。”

我想：跟这样的莽汉有什么好争论的呢，最好还是赶快领他出去吧，免得他让我妻子受什么委屈。

我匆匆忙忙穿好衣服，对妻子说：“画个十字，为我祝福吧，玛申卡！”——于是就走了。我们坐上车，飞快地来到了布隆大街，那儿住着一个大名鼎鼎的生意场中的经纪人——普罗霍尔·伊万内奇。老爷立刻问他：

“什么地方有房子要出卖吗，价值在二点五万到三万之间的，或者稍贵一点儿也行。"

当然啦，那时候是用纸币算的。

"我需要这样的房子，"他说明，"要能够马上买下来，马上就能搬过去。"

经纪人从抽屉柜里拿出一本簿子，戴上眼镜，在一页上看了一会儿，再看看另一页，于是说：

"有一幢房子，各方面对您都合适，只不过价钱得稍添一点儿。"

"我可以添。"

"那么得给三点五万。"

"行。"

"那么，"他说，"一个钟头之内一切都能办妥，明天就可以搬进去。因为有个教堂执事在这幢房子里参加洗礼宴，叫鸡骨头卡了喉咙，给卡死了，所以那里现在没有住人。"

这就是现在我跟您在这儿坐着的这幢房子。据说，好像教堂执事每天夜里都在这儿走来走去，喉咙给卡得喘不过气来，只不过这些根本无关紧要，我们住在这儿的时候，谁也没看到过他。我和妻子第二天就搬到这里来了，因为老爷写了赠送书，把这幢房子转送给我们了。第二天，他又带了些工人来，一共六七个人，扛着梯子，还抬着这块招牌，照那上边的说法，好像我是个法国裁缝。

他们来了，钉好招牌，就回去了。老爷嘱咐我说：

"我给你，"他说，"下个命令：这块招牌永远也不准更换，别人这么叫你的时候，你要答应。"他冷不防大喊一声："列普坦!"

我应声道：

“有什么吩咐？”

“好样的，”他说，“喏，再给你一千卢布，拿去好好过日子，买点零碎东西。不过你要当心，列普坦，严守我的戒律，那么你自己也会平安无事，要是……是啊，上帝保佑你，要是你胆敢再用你从前的那个姓氏，让我知道了……那么第一，先给你来个见面礼，狠狠地揍你一顿。第二，依法办事，‘赠品归还赠送人’。要是你能满足我的愿望，那么尽管讲好了，你还需要什么，样样我都给你。”

我向他道谢，并且说，我再没有任何愿望了。现在没有，将来也不会有，只除了一样，求他做做好事，告诉我：这一切是什么意思，到底是为了什么，我竟得到了一幢房子。

但是关于这些，他什么也没有说。

“这个，”他说，“你根本不需要知道。只是你要记住，从今以后你叫‘列普坦’，我的赠送证书上也是这么写的。保持这个名字，对你会有好处的。”

十一

我们就在自己的房子里住下，过起日子来，一切都很顺利。我们认为，这一切都是我妻子的好运气，因为很长时间谁也不能告诉我们，这到底是怎么一回事。不过有一回，有两位先生打这儿路过，突然站住，走了进来。

妻子问：

“你们有什么吩咐？”

他们回答说：

“我们要见麦歇[1]列普坦本人。”

我走了出来，他们互相使个眼色，两人同时笑了，于是和我讲起法语来：我请求他们原谅，说我不懂法语。

“您是不是很久以前，”他们问，“就用这块招牌的？”

我告诉他们，用了几年了。

“啊，不错，是这么回事。我们记得您，”他们说，“也见过您。有一年除夕，您给一位先生补过一件参加舞会时穿的燕尾服，补得好极了，令人叹为观止。后来在旅馆里当着我们的面，他让您遇到了极不愉快的事。”

“一点儿不错，”我说，“是有这么回事。只不过我很感激这位先生，亏了他，我才过得像个样子。可是我既不知道他的名字，也不知道他姓什么，因为这一切都瞒着我。”

他们把他的名字告诉了我，而他的姓，他们补充说，是拉普金。

“什么？拉普金？”

“不错，当然啦，”他们说，“是拉普金。难道您不知道他为什么给您这一切好处吗？为了不让他的姓挂在招牌上。”

“你们瞧，”我说，“直到如今我们还什么都不知道。受了人家的恩惠，可不知道为什么，一点儿也摸不着头脑。”

“不过，”我的客人们接着说，“这丝毫也帮不了他的忙，昨天他又新出了一件事。”

于是给我讲了这么一段故事，以至于让我可怜这个从前曾经和我同姓的人起来。

---

① 法语：先生。

十二

拉普金的妻子，就是他穿着织补过的燕尾服向她求婚的那一位，比她丈夫更爱虚荣，而且特别喜欢装腔作势。他们两个都不是什么名门出身，只不过他们的父亲做生意发了大财而已，可是他们专爱结识一些贵族出身的人。那时候，我们莫斯科有一位官居总司令的扎科烈夫斯基伯爵，据说他本人也是波兰的小贵族出身。不过像谢尔盖·米哈依洛维奇·高里岑公爵[①]那种真正的贵族老爷们，都不把他看作门第高贵的人。可是旁人都认为，能到他家里去做客是莫大的荣幸。以前跟我同姓的这位先生的夫人也渴望能得到这样的荣誉。然而不知道怎么搞的，很长时间里他们得不到这样的机会，不过拉普金先生终于做了一件什么讨好伯爵的事，于是伯爵对他说：

“老弟，请来我家做客——我吩咐下去，叫他们接待你。请告诉我，免得我忘了——你贵姓？”

他回答说，他姓拉普金。

“拉普金？”伯爵说，“拉普金……请等一下，拉普金……我好像记得，拉普金……这是个什么人的姓。”

“正是。”他说，“伯爵大人，这是我的姓。”

“对，对，老弟，这当真是你的姓。只是我还记得……好像还有个什

① 高里岑公爵是俄罗斯古代贵族出身，19世纪前半期的国务活动家。

么人也姓拉普金。也许这是你父亲姓拉普金吧?”

老爷回答说，他的父亲是姓拉普金。

“怪不得我记得，记得……拉普金。很可能，这是你的父亲。我的记性很好——请你光临，拉普金。明天就来，我吩咐下去，叫他们接待你，拉普金。”

那一个高兴得忘乎所以，第二天就驱车前去了。

十 三

可是，尽管扎科烈夫斯基伯爵夸耀自己的记性好，这一次却疏忽了，根本没有跟底下的人讲过，叫他们接待拉普金先生。

那一个飞也似的跑了来。“某某人，”他说，“要见伯爵。”看门的不放他进去。

“没有吩咐，”他说，“没吩咐过接见任何人。”

那位老爷想尽种种办法来说服他，“我，”他说，“不是我自己，而是应伯爵的邀请来的。”看门的对这一切都无动于衷。

“没有吩咐我，”他说，“接待任何人。如果您有公事，请到办公厅去。”

“我不是来办公事的，”老爷觉得受了委屈，“而是因为私人的交情。伯爵大概已经把我的姓告诉过你了——我姓拉普金，你想必是搞混淆了。”

“昨天伯爵没有告诉过我任何人的姓氏。”

“这不可能，你只不过是把这个姓忘了——拉普金。”

“我从来什么也不会忘记，这个姓我甚至不可能忘记，因为我自己就姓拉普金。”

老爷勃然大怒。

“什么，”他说，“你自己就姓拉普金！谁教给你的？”

看门的回答他说：

“谁也没教给我，我生来就姓这个姓。在莫斯科，姓拉普金的多得很，只不过旁人都微不足道，真正出人头地的只有我一个人。”

正当他们争吵的时候，伯爵从楼梯上走了下来，说：

“真的，我记得的就是他，他是姓拉普金，他在我这儿也是个坏蛋。你呢，请下次再来吧，现在我没有空儿。再见。”

嘿，还用说吗，在这以后还能谈什么再见呢？

十 四

Maltretailleur Lepoutant有点儿惋惜而又谦逊地给我讲了这段故事，又给添上了一个结局——第二天，他正带着做的活儿在林荫道上走着的时候，刚巧碰到了这位奇闻逸事中的拉普金本人，华西里·科内奇是满有理由把他看作自己的恩人的。

“他坐在一条长凳上，”他说，“神情十分忧郁。我想从一旁溜掉，可是他一看到我，就说：

“‘你好。麦歇列普坦！日子过得怎么样？’

“‘靠上帝恩典，承蒙您的照顾，过得很好。您呢，老爷，您身体好吗？’

“‘坏透了——我遇到了一件非常可恶的事情。’

"'听说了,'我说:'老爷,我为您高兴的是,您至少没有动手碰他。'

"'碰他,'他回答说,'是不可能的,因为他不是个自由劳动的人,而是在伯爵那儿当一个下贱的奴才。不过我想弄明白:是谁收买了他,叫他对我干这种卑鄙的事?'"

科内奇天性忠厚,所以想安慰那个老爷。

"老爷,"他说,"您别寻找是谁教唆的了。姓拉普金的当真多得很,他们当中也有一些十分正直的人,比方说我过世的爷爷——他在全莫斯科卖鞋垫……"

"他一听到这句话,突然抡起手杖,朝我背脊上就是一下子……我赶紧就跑。打从那时候起就没再见过他,只是听说他和夫人一道出国,到法国去了。他在那儿破了产,死了。她给他立了块墓碑,据说,上面的题词碰巧也和我招牌上的一样——'列普坦'。这样一来,我们两个又同姓了。"

十 五

华西里·科内奇讲完了。我问他:为什么他现在不想换一块招牌,把自己合法的俄国姓写上去呢?

"那又何必呢,"他说,"先生,何必去翻老账呢,而我正是从此交上好运的——那样的话,说不定会让这整个地区都遭受损失。"

"这个地区会有什么损失?"

"怎么没有呢——我的法文招牌,就算大家都知道只不过是个幌子吧。然而因为它,我们这个地区也有了名气,邻居们都跟着沾了光。所以要再换一块，他们也都会反对的。”

于是，为了莫斯科河南岸他这条陋巷里住户们的利益，科内奇仍然在做他的法国人。而那个曾经显赫一时，和他同姓的人，却用了个假姓，毫无益处地腐烂在巴黎的拉雪兹墓地里。

武备中学

一

在我们这儿正直的人并没有绝迹，而且将来也不会绝迹。他们只是没被人发觉而已，如果仔细观察——正直的人还是有的。我现在回想起一座住满了正直人的修道院来，而且它是处于那样一个时代，那时候圣洁和善良的事物比任何时候都更为少见。而且请你们注意，所有这些人都不是修道士，也不是什么显贵，而是一些担任公职的人，处于从属地位的人，这样的人要维持正义就更加困难了。不过那时候曾经有……大概现在也有。只不过，当然啦，得去找寻我想要给你们讲一些极其平常，然而不无趣味的故事——一下子就给你们讲四个[1]在那个所谓“死气沉沉的时代”里的正直人的故事。虽然我相信，那时候像这样的人还多得很。

二

我的回忆涉及彼得堡第一武备中学，而且谈的恰恰是我在那儿生活、学习，并且实实在在同时看到了四个正直人的那段时期，我要讲的

① 这里只刊出献给前面三个人的几章。（原注）

就是他们的事。但首先请允许我谈谈这所中学，谈谈我对它最后一段历史的看法。

在巴维尔皇帝即位以前，武备中学是按年龄分班的，同一年龄的学生再分到几个房间里去。每间房间里二十个人，各有一个外国教师，也就是所谓“神父”——法国人和德国人，好像也有英国人。每个神父每年的薪俸是二点五万卢布，他们值班时和学生们在一起生活，连睡觉也在一起，两个星期轮换一次。学生们在他们的监督下准备功课，值班的神父是哪国人，大家就都得讲哪一国的话。因此，武备中学学生们的外语知识是相当棒的。当然，这也可以说明，为什么第一武备中学出了那么多大使，那么多担任外交工作的高级军官。

巴维尔·彼得罗维奇皇帝陛下即位后第一次来到武备中学，立刻命令：“把神父通通赶走，武备中学分编为若干连队，每连派一名军官，和通常团里的连队一样。”[①]

从这时起，学校各方面的教育质量都下降了，语言教育则完全被取消了。关于这一情况，武备中学里流传着一些传说，直到比较晚的时期，还没有被人忘记，我个人对这里的人们和种种规矩的回忆，就是从那个时期开始的。

我请你们相信。而亲自听我讲话的人，请你们证明，我的记忆力还不错，记得很清楚，我的头脑正常，一点儿也不混乱，而且对现在这个时代我也多少了解一点儿。我对我们的文艺思潮并不陌生——我过去看过，而

① 摘自维斯科瓦托夫编著的《第一武备中学简史》，这件事大概发生于1797年1月16日。（原注）

且直到现在，都不仅在看我喜欢看的作品，还常常看那些我不喜欢的作品。我也知道，我要讲到的那些人是不会被人赏识的。那个时代通常被人叫作“死气沉沉的时代”，这倒是公正的。可是那时候的人，特别是军人，人们总喜欢把他们说成无一例外全都是“爱嘲笑人的人”，这也许就不能认为是完全正确的事。也有一些高尚的人，一些才智超群、心地纯洁、诚实正直、性格坚强的人，让人觉得，似乎用不着再去寻找比他们更好的人了。

所有现在的成年人都知道，以后在比较不那么死气沉沉的年代里，我们这儿是怎样教育青年人的。现在我们都能亲眼看到，如今是怎样进行教育的。每样东西都有它行时的时候，各有所好。说不定那么着不错，这么着也好。我就直截了当地讲一讲吧：教育我们的是些什么人，是怎样进行教育的。也就是说，这些人做出了什么榜样，把什么样的特点反映在我们的灵魂里，铭刻在我们的心上，因为——一个有罪的人——没有这个，也就是没有榜样的活生生的高尚情操，那就什么教育都不会懂。而且，不错，现在连一些很有学问的人也都同意这种看法了。

那么，这就是我在晚年想要称赞的那些教育过我的人。按着次序说吧。

三

第一位，校长，彼尔斯基少将（第一武备中学黄金时代的学生之一）。我是在1822年和我哥哥一道进武备中学的。我们俩都还很小。父亲用自己家里的马把我们从赫尔松省送到了学校，在省里有“叶卡捷林娜[①]母亲”赐给父亲的一座庄园。阿拉克切耶夫[②]曾想从他手里夺走这座庄园，交给军队去长期屯垦。可是我们的老头子掀起了轩然大波，极力反对。弄得人家只好摆摆手，不再理他，把“母亲”赏赐给他的庄园仍然留下了。

彼尔斯基将军身兼二职，既是武备中学的校长，又是学监。父亲把我和哥哥介绍给他的时候，很受感动，因为他把我们留在京城了。而在京城我们既没有一个亲戚，又没有一个熟人。父亲把这一点告诉了彼尔斯基，并且请求他给予“关心和保护”。

彼尔斯基耐心、平静地听完了父亲的话，不过对他一句话也没回答。大概是因为谈话是当着我们的面进行的，他直接对着我们说：

“行为要规矩，要执行上级对你们的命令，最主要的是——你们只管你们自己，永远也不要向上级乱说同学们调皮的事。要是说了，那就谁也救不了你们，没法让你们免遭不幸了。”

在那个时候武备中学的语言里，对于像在上司面前搬弄是非，或者一般的逢迎讨好这样的卑鄙事情，有一个特殊用语——“马屁精”，武备中学的学生们永远也不饶恕这种罪行。对待犯有这种罪行的罪人是十分蔑视、粗暴，甚至是残酷的，上级也无法消除这种现象。这种“私刑”可能有好的一面，也有不好的一面，不过它无疑在孩子们身上培育了关于荣誉的概念。无怪乎从前武备中学的学生出了名的爱护荣誉，而且不管他们后

① 叶卡捷林娜二世（1729—1796），1762年至1796年为俄国女皇。

② 阿拉克切耶夫（1769—1834），保罗一世和亚历山大一世时最反动的权奸，1808年任陆军大臣，1810年任国务院陆军部长。

来担任什么职务，直到老死，对它也决不背叛。

米哈依尔·斯杰潘诺维奇·彼尔斯基是个很出色的人，他仪表堂堂，衣着考究。我不知道，是他生性讲究穿戴呢，还是他认为在整洁和军容风纪方面给我们做出个榜样来是他的职责。他为我们操心达到了那样的程度，以至于不管做什么，都是为了我们。我们对此深信不疑，所以也在竭力模仿他。他总是穿一身标准的制服，但看上去样子十分优美——总是"照规定"戴一顶那时的三角形军帽，站立时身子挺得笔直，真帅极了。走起路来步伐威武，庄严，仿佛从他走路的姿态里可以看出他的心情——充满对职务的责任感，但对职责毫无畏惧。

他和我们在学校里寸步不离，谁也不记得彼尔斯基曾经离开过这幢大楼。有一次，有人看到他和传令兵一起在人行道上行走，于是全校都活跃起来了。同学们一个传一个，互相转告这一不可思议的消息："米哈依尔·斯杰潘诺维奇上街了!"

其实他也没空儿出去散步。他同时既是校长，又是学监，按后面这项职务的要求，他一定每天四次巡视所有教室。我们一共有四堂课，彼尔斯基一定每一堂课都去听课。他来到教室里，坐一会儿，或者站一会儿，听一听，然后到另一个教室里去。每一堂课他都要去，无一例外。他视察时，陪着他的是他的传令兵，一个也像他那样身材魁梧的军士，音乐师安纳尼耶夫。安纳尼耶夫到处都陪伴着他，并且在他前面给他开门。

彼尔斯基只视察学术课，上军事课和处罚违反纪律的学生时，他都避免参加。他很不喜欢这样的惩罚，而且受不了它。从他那儿我们只见过一种惩罚——有时，对偷懒的或不用功的学生，他会用无名指指尖轻轻点一点他的额角，好像是推开他，并且用音调纯正、发音清晰的声音说：

“坏——学生！……”

这会成为一个痛苦的、终生难忘的教训，受到这种责备的学生常常因此不吃不喝，千方百计努力改过，这样来“安慰米哈依尔·斯杰潘诺维奇”。

应当说明一下，彼尔斯基是个独身的人。在我们中间有这样一个信念，认为他所以不结婚，也是为了我们。据说，他怕对家庭承担了责任以后，会减少对我们的关怀。在这儿不妨说一声，看来这是完全正确的。至少米哈依尔·斯杰潘诺维奇的熟人们说，人们和他开玩笑，或者是认真地和他谈到婚姻问题时，他回答说：

“上帝把这么多别人的孩子托付给我，所以没有时间再去考虑自己的了。”在他这个正直人的嘴里，这当然不是一句空话。

四

他过的完全是出家人的生活。简直不能想象世界上还有更加严格的禁欲生活。彼尔斯基自己从不到别人家去做客，从来不去看戏，从不参加什么聚会，这些都不用去说它了。就是在他自己家里，他也从不接待任何客人。不论是谁，要和他谈工作容易得很，而且是很随便的，只不过是在会客室里，而不是在他的住处。谁也没有到过那儿，而且根据八成是来源于安纳尼耶夫的传说，好像他的住处不适宜接待客人——彼尔斯基的住房看起来样子简朴得很。

校长的所有仆人就是上面提到过的那个传令兵，和自己的将军形影不离的音乐师安纳尼耶夫。已经说过，在他每天巡视教室、寝室、饭厅和幼年班的时候，安纳尼耶夫都陪伴着他。幼年班里都是些四五岁的孩子，照看他们的已经不是军官，而是专门派去照料他们的夫人们。这个安纳尼耶夫还侍候彼尔斯基，也就是细心地为他刷靴子，刷洗衣服。刷得真好极了，他的衣服上从来不沾一粒微尘。他还提着提盒去给他打午饭，不是到什么特等饭馆里，而是到学校的公共厨房里。学校里的厨师在那儿给没有家的军官准备午餐，在我们这座修道院里，好像学习上司的样，没有家的军官多得很。彼尔斯基吃的就是这样的午餐，和旁人一样，也是付给管理员同样一点儿微薄的伙食费。

彼尔斯基整天都待在学校里，特别是在各个教室里，他并不是在那里做做样子，而是留心研究教师在怎样讲课，而他对各门学科都有渊博的知识。显然，紧张地工作了一天以后，回到自己住处时，他已经很疲倦了。吃过比同学们的午饭只多一道菜的、军官们吃的午饭，可是并不休息，而是立刻坐下来翻阅当天各班的记分册。通过这种方式他能够了解交由他来负责的这所很大的学校里全体学生的成绩，而且绝不容许偶然的过失转变为习以为常的懒惰。当天得了不及格分数的每个学生都很难过地等着——明天彼尔斯基准要把他叫去，用他那古罗马人一样白皙的手指点一点他的额角，并且说：

"坏学生。"

这太可怕了，似乎比我们那儿一直实行的鞭笞还要可怕。但为了学术课是不会鞭打学生的，只有为了军事课和纪律才用笞刑。前面已经说过，彼尔斯基从来不管这一类事情，可能是因为照当时的习惯，在这些场合不可能没有体罚，他无疑是非常讨厌体罚的。

鞭打由连长们执行，他们当中最爱干这个的，是第一连的连长奥烈乌斯。

彼尔斯基把晚上的时间用在学监的工作上，编制和检查课程表，推测学生们在学到按教学大纲尚未学过的课程时，会取得什么样的成绩。然后就开始看书，他看书看得很多，发现阅读对增进语言知识大有帮助。他懂得法语、德语和英语，而且都下过一番功夫，并经常以阅读来进行练习。随后，他比我们稍迟一些睡下，以便明天比我们稍早一点儿起来。

这位可尊敬的人就这样一天接着一天，一直不断度过了许多年头。我建议，在计算那三个正直的俄国人[①]时，千万不要漏掉他。他活着是个正直的人，死后还是个正直的人，没有污点，没有人责备他。但这还不够，这一切还都是在普通的，虽说，不错，也是十分高尚的，只有少数人能够做到的正直这一范围内的事，然而这终究只不过是正直而已。彼尔斯基还有英勇忘我的品质，我们孩子们认为这也是自己的，也就是我们的武备中学的品质。因为米哈依尔·斯杰潘诺维奇是我们武备中学的毕业生，对于我们来说，他也就是武备中学的精神和传统的化身。

五

由于机缘巧合，我们这些小孩子们竟参与了十二月党人暴动的一个事件。大家知道，我们学校的正面冲着涅瓦河，正对着现在的伊萨基耶夫广场。所有连队都分布在一条线上，后备连面向正面，那时候我恰好在这个

---

① 俄罗斯民间有句俗话：没有三个正直人，就不会有一座城市。这里所指的就是那“三个正直人”。

后备连里，从我们的窗户里，我们什么都看得见。

谁了解这幅画面，他就会懂的；谁要是不了解，那对他就没有什么好说的。情况就像我所说的那样。

那时候有一座桥从岛上直接通往这个广场，因此这座桥就叫作伊萨基耶夫桥。从正面的窗子里，我们可以看到伊萨基耶夫广场上聚集了许多人和暴动的部队，包括莫斯科团的一个营和近卫军海军陆战队的两个连。当下午六点以后，停放在海军部大厦对面、炮口对着枢密院的六门大炮开火的时候，暴动者中间出现了伤员。那时他们当中有一些人冲到河边，从冰上跑到了涅瓦河对岸。其中有些人在走，还有些人是在冰上爬，到了我们这边的河岸以后，有十六个人走进了武备中学的大门。这时各人都找个什么地方靠着，倒在那儿了——有人倒在墙根底下，有人倒在通往仆役住房去的斜坡上。

记得，这些人好像都是莫斯科团参加暴动的那个营里的士兵。

学生们听到这回事或者看到受伤的人以后，既没有人加以阻止，但也没有商量过，用不着任何人劝说，立刻跑到他们跟前，用手抬起他们来，把每一个人都安置好，尽可能让他们舒服一些。说实在的，他们很想让这些人睡在自己的床上，不过我记不得为什么没有能够这么做，尽管别人说，好像的确是这么做了。不过对此我既不争辩，也不能加以证实。也许，学生们是把受伤的人安置在仆役营房里的士兵床位上，就在那儿动手给他们进行医疗和护理的吧。学生们并不认为这样做有什么不好或有什么可以指责的地方，所以并不隐瞒自己的所作所为，而且这样的事要隐瞒也是不可能的。他们立刻把这事报告了彼尔斯基校长，同时已经力所能及，为伤员们包扎好了伤口。因为参加暴动的人站了整整一天，没吃过东西，所以学生们还做出安排，要让他们饱餐一顿。为此，在列队去吃晚饭的时候，他们进行了所谓“传话”，就是在全队列中低声悄悄地传达一两句话：“别吃馅饼——给伤员们。别吃馅饼——给伤员们”……这种“传话”[①]是一种常用的手法，每当学校里有学生被关禁闭，只给他吃“面包和水”的时候，我们总是采用这个办法。

是这么做的——当全校在午饭前或晚饭前排队的时候，那些总是知道更多“家”中的秘密、对低年级同学很有威信的高班生就“传出命令”，低声转告旁边的人，然后一个接一个地传下去，所传的总是最简短、最简洁的句子。例如：

“有人被捕——别吃馅饼。”

要是那天菜单上没有馅饼，那就会传出关于肉饼的同一命令。别看把肉饼藏起来并从餐桌上带走，比搞馅饼难得多，我们却能轻而易举、神不知鬼不觉地把肉饼带走。不过，话又说回来，上级也知道在这种情况下我们这种百折不挠的孩子气精神和习惯，所以睁一只眼，闭一只眼，绝不找我们的麻烦。“他们不吃，带走——好，就让他们带走吧”。并不认为这有什么不好，而且也许本来就没有什么不好的。这种小小的违法行为能帮助创造伟大的事业——它能培育友谊精神、互助精神和对人的怜悯，这种精神能给一切环境增添温暖和生命力。而失去了这些东西，人就将不再成其为人，而会变成一些冷酷无情的利己主义者，绝不会做出任何要求自我牺牲和英勇精神的事来。

---

① 晚几届毕业的武备中学的学生们说，他们没有“传话”这种说法，但我仍按照那个老一辈的武备中学毕业生的说法，保留了这一用语。（原注）

在给我们当中的某些人带来许多严重后果的这一天，当我们把受伤的暴动者安顿好，用自己的手帕给他们包扎好伤口以后，也发生了同样的事。高班生传下话来：

“别吃馅饼——给伤员们。”

像通常一样，大家都一丝不苟地执行了这一命令——谁也没吃馅饼，馅饼都带去给了伤员们，后来伤员们不知被送到哪里去了。

一天像往常一样结束了，我们都已入睡。一点儿也没想到，我们做了一件多么不能容许的、对我们的一些同学多么有害的事。

对我们的行为负有最大责任的彼尔斯基没有对我们说一句责备的话，恰恰相反，他和我们告别的时候给我们的印象好像我们并没有做过任何不好的事情，这就使我们觉得更加安心了。他的态度甚至非常温和，这使我们有理由认为，似乎他对我们这些孩子式的怜悯是赞许的。

总而言之，我们认为自己没有任何过错，也没想到会遇到任何微小的不愉快的事。但不愉快的事情正在随时准备着，一步一步逼近我们，好像是要故意让我们看一看米哈依尔·斯杰潘诺维奇的精神、智慧和性格的伟大之处。对他的这些品质我们还不能理解，但毫无疑问，我们当中没有哪一个不是到死都不会忘记的。

六

12月15日，尼古拉·巴甫洛维奇皇上突然驾临武备中学。他非常生气。通知了彼尔斯基，他立即从自己的住处前来见驾，照例向陛下报告学生人数和武备中学的情况。

皇上严肃地沉默着听完了他的报告，然后高声说：

“这里的精神不好!”

“是军人的精神，陛下。”彼尔斯基理直气壮，十分沉着地回答。

“雷列耶夫和别斯图热夫[①]都出在这儿!”皇上仍然很不满意地说。

“鲁缅采夫，普罗佐罗夫斯基，卡敏斯基，库里涅夫[②]都出在这儿——都是统帅，托尔[③]也出在这儿。”彼尔斯基仍然用毫不改变的平静声调反驳说，一面坦率地望着皇上的脸。

“他们给暴乱分子东西吃!”皇上伸出手来指指我们说。

“是这样教育他们的，陛下——要和敌人作战，但胜利以后，要像对待自己人那样救助伤员。”

皇上脸上流露出的愤怒表情并没有改变，但他没有再说任何话，就转身走了。

彼尔斯基用他那开诚布公、光明正大、忠心耿耿的回答使我们避免了一场灾难，我们又继续像这以前一样生活、学习了。对待我们的态度是温和的，合乎人道的，但已经不能持续多久了——一个急剧的、毫无伸缩

---

① 雷列耶夫（1795—1826），诗人，十二月党人的领袖，1825年十二月起义失败后被捕，次年被判处死刑。别斯图热夫（1791—1855），作家，学者，海军军官，1825年12月14日率近卫军海军陆战队参加十二月党人起义，失败后被捕，判终身苦役，后减刑为流放20年。

② 鲁缅采夫（1725—1796），俄国统帅，军事家，国务活动家，陆军元帅。普罗佐罗夫斯基，卡敏斯基，库里涅夫也都是军事家，俄国统帅。

③ 托尔（1777—1842），俄国军事家，步兵上将。

余地的转折正在逼近，它完全改变了这所美好学校的全部性质。

七

十二月暴动之后过了整整一年，正好是在1826年12月14日，步兵侍从武官长尼古拉·伊万诺维奇·杰米多夫，一个对上帝非常虔诚，但十分残酷无情的人，被派来接替侍从武官长巴维尔·华西里耶维奇·戈列尼雪夫-库图佐夫，担任所有武备中学的总校长。军队里本来就对他怕得要命，一提起他的名字就叫人胆战心惊，而对于我们，他还接到了一道“严加管束”的特别命令。

杰米多夫下令要召开一次会议，并且驱车来到了武备中学。参加会议的有校长彼尔斯基，营长什米特上校（一个非常正直的人）和连长们——奥烈乌斯（一个爱鞭打学生的家伙），什米特第二，艾烈曼和切尔卡索夫，以前他曾长期教授筑城学，被封为伯爵的托尔在1822年曾当过他的学生。

杰米多夫是这样开始的，他说：

“我想知道那些操行不好的学生的名字。请给他们开一张特别名单。”

“我们这儿没有不好的学生。”彼尔斯基回答。

“不过，当然一定有一些操行比较好，另外一些人差一些。”

“不错，是这样的。但是如果把那些差的挑出来，那么在其余那些人当中，又会有好一些的和差一些的。”

“要把那些最差的列出名单来，派他们到团里去做军士，以儆效尤。”

彼尔斯基万万没料到会有这样的事，他露出真正惊讶的神情，以他一贯具有的自制和沉着态度反对说：

“怎能去做军士！为了什么?”

“为了操行不好。”

“您是知道的，他们的父母把他们从四岁那么大就托付给我们了。可见，如果他们品行不好，那么这是我们的过错，因为对他们教育得不好。我们对他们的父母说什么呢？说是我们把他们的孩子教育得只能送到团里去担任低级职务吗？是不是预先通知他们的父母，叫他们把孩子领回去，那样会比毫无过错就把他们下放，贬为军士要好一些呢?”

“关于这件事，我们不应该议论，而应该执行。”

“啊！这样的话，本来就用不着开会，”彼尔斯基回答，“一开始您就该这么说，命令叫这么做，必须执行。”

结果是，第二天，当我们在做课堂作业的时候，杰米多夫的副官巴戈武特到所有教室里去转了一圈，手里拿着一张名单，点名把那些操行分数最坏的学生叫了出去。

巴戈武特命令那些被叫出去的学生到击剑房去。击剑房所在的位置恰好让我们能从教室里看到那里发生的一切。我们看到，士兵们把一堆灰色的军大衣拿进大厅，给我们的同学们穿上。随后把他们带到院子里，叫他们和宪兵一起分乘几辆早已准备好的雪橇，把他们送到团里去了。

不用说，这场惊恐真是令人胆战心惊。向我们宣布说，如果我们当中再有人操行不及格，还要把人送出去。规定评操行分数采用百分制，并且讲明，谁要是不满七十五分，就立刻送走，让他去当军士。

官长也很为难，要怎样按这个新的百分制来评定操行分数呢，我们也听到他们感到困惑不解，议论纷纷。结果是，上级开始宽恕我们，保护我们，宽厚地对待我们的一些小孩子式的过失，而为了这种过失已经确实要对我们进行那么可怕的惩罚。不久我们对此也就习惯了，短暂的惊恐情绪已经消失，代替它的是更加大胆无畏。我们为被开除的同学们感到难过，因此在我们之间谈到杰米多夫时，从来不用别的称呼，而是管他叫“野蛮人”，而且对他那种标准的残酷无情不仅不害怕，没有吓得浑身发抖，反而决定要跟他进行公开的斗争。即使在这场斗争中大家全都完蛋，那也可以让他看到“我们蔑视他，也蔑视一切危险”。

这样的机会很快就出现了，而且很难说，事情会闹到什么地步——如果没有从不穷于言辞的彼尔斯基运用他那随机应变的机智和善于掌握分寸的才能及时来帮助我们的话。

八

在我们的一些同学被开除，送去当军士以后，整整过了一个星期，又命令我们到那座击剑房去，排成纵队。我们执行了命令，并且等着，看会发生什么事情，可是大家心里都觉得害怕。我们想到，现在我们站着的地板，也就是我们那些不幸的同学们曾经站过的地方。那时他们站在这儿，面对着一堆堆为他们预备下的士兵穿的大衣。一想到这里，我们心里就像开了锅似的翻腾起来……他们，亲爱的同学们，遇到这样的意外，想必都大吃一惊，目瞪口呆——不知在什么地方、怎样渐渐清醒过来以及诸如此类等等。一句话：心灵在遭受磨难——我们都心情沮丧地低下头，站在那里，而且想到了“野蛮人”杰米多夫，但一点儿也不怕他。要完蛋，就大家一道完蛋吧——你们知道，命运就是如此……已经习惯了。就在这时候，突然门开了，杰米多夫和彼尔斯基走了出来，他说：

“孩子们，你们好!”

大家一声不响。在他露面的时候，我们既没有商量过，也没有快速“传话”，只不过由于愤懑的情绪，没有任何人肯开口回答。杰米多夫又说了一遍：

“孩子们，你们好!”

我们仍然默不作声。事情已经变成有意识的固执了，那时候的气氛真是紧张到了极点。这时，彼尔斯基看到可能由此引起极不愉快的后果，于是用让我们大家都能听到的声音，对杰米多夫高声说：

“他们不回答，是因为他们没听惯您所用的‘孩子们’这个词。如果您向他们问好时说：‘同学们，你们好’，他们就一定会回答你了。”

我们很尊敬彼尔斯基，而且懂得，他用这么大声音，这么有把握地对杰米多夫说这些话，同时主要是说给我们听的，而且也是把他自己交托给我们的理智和良心了。又是未经商议，仿佛大家用同一颗心听懂了他的意思，并且用同一张嘴表示对他的支持。当杰米多夫说：“同学们，你们好!”的时候，我们众口一词，用大家都熟悉的呼喊回答说：“您好!”

但故事到此还没有结束。

九

当我们不回答杰米多夫讨厌的问候时，他脸上开始露出了严厉的神色，在我们呼喊过“您好”以后，他脸上的严厉表情这才缓和下来，可是又做了一件叫我们更反感的事。

“瞧，”他说，想让他的声音柔和一些，可是听起来只不过叫人觉得讨厌，“现在我想让你们看一看，我们是多么疼爱你们。”

他对传令兵安纳尼耶夫点了点头，安纳尼耶夫快步走出门外，立刻带着几个士兵走了回来，士兵们抬着几大筐包着彩色花纸的贵重糖果。

杰米多夫叫把筐放下，然后对我们说：

“这里有整整五普特[①]糖果（好像是五普特，不过也许还多一些）——这全都是给你们的，你们拿去吃吧。”

我们一动不动。

“拿呀，这是给你们的。”

我们还是一动不动。但彼尔斯基看到这个情况，向抬着杰米多夫的糖果的士兵们使个眼色，于是他们抬着糖果筐走进我们的队伍。

我们又懂得了我们校长的意思，不敢以任何过分的举动违拗他的意志。不过，杰米多夫的犒赏我们还是没有吃，而是想了个特殊办法来处理它。我们高班生中的第一个排头伸手到筐里拿了一小把糖果，就在这一瞬间，他已经低声向旁边的同学传出了一句话：

“糖果不要吃——丢到坑里去。”

一会儿工夫，“传话”就像电火花一样迅速而且神不知鬼不觉地传遍了全队，没有一块糖果是被吃掉的。上级一走，刚让我们去自由活动，我们就一个跟一个，排成一串，来到大家都知道的那儿，把手里的糖果都扔

---

① 1普特等于16.38千克。

进了指定的地方。

杰米多夫的犒赏就这样结束了。没有哪一个孩子不老实，没有任何人受糖果的诱惑，大家都把它扔掉了。而且也不可能不是这样——友谊精神和同学间情谊的力量是惊人的，就连最小的新同学也能很快地深深领会这种精神，而且怀着神圣的喜悦心情服从它。我们不会被任何好吃的东西收买，也不接受这样的抚爱。然而我们对上级是忠诚的，但不是因为爱抚和礼物，而是因为他们的公道和正直。我们认为，在像米哈依尔·斯杰潘诺维奇·彼尔斯基这样一些人身上，就具有这种品质——他，米哈依尔·斯杰潘诺维奇·彼尔斯基，我们的总指挥，或者最好说是我们武备中学修道院的院长，善于挑选这样一些能配得上他的长老和他共事。

然而，是他善于挑选他们呢，还是他们为了跟他融洽共处，完全一致，因而使自己能够配得上他呢——这个我就不知道了，因为要深入研究这类事情，我们的年纪还太小了。不过我所知道的关于米哈依尔·斯杰潘诺维奇的老战友们的情况，倒是要讲一讲的。

十

修道院里仅次于院长的第二号人物是管家。在我们这儿，我们的修道院里，也是这样。就重要性来讲，在米哈依尔·斯杰潘诺维奇·彼尔斯基之后，就要数到雷列耶夫歌颂过的准将头衔的管家——安德烈·彼得罗维奇·包布罗夫了。

我把他排在第二位，仅仅是根据职务上的从属关系，而且还因为不能把大家一道都排在第一。然而就心灵和性格的优点而论，这位安德烈·彼得罗维奇，也像彼尔斯基本人一样，是一个十分卓越的人，而且无论哪一方面都不比他差。也许只有在随机应变、对答如流这一点上，稍逊一筹。但包布罗夫的心更热，更让人感到温暖。

不用说，他也是个单身汉，正像修道院里的规章所要求的那样。而且非常疼爱孩子，只不过他不是像有些人那样的爱法——只是理论上，谈论起来爱，说什么“这是俄罗斯的未来”，或者是“我们的希望”以及诸如此类的、虚构的、说起来十分容易的空话，在这些空话后面，除了自私自利和冷酷无情以外，一无所有。我们这位准将的爱是朴实的、真正的爱，这种爱不需要给我们解释和说明。我们大家都知道他爱我们，关心我们，谁也不能让我们相信不是这样。

包布罗夫个儿不高，胖胖的，一绺头发老是耷拉下来。就整洁而言，他和彼尔斯基形成了极其强烈的对比，在这方面他颇像克雷洛夫老爷爷。据我们所知，他总是穿着那同一身油污斑斑的制服，而且再没有另一套制服了。制服领子的颜色简直无法辨认，但安德烈·彼得罗维奇一点儿也不觉得不好意思。办事的时候，他穿着这身制服，当偶尔要见上级军官、亲王或者皇帝陛下本人的时候，他还是穿着这身制服。据说，似乎尼古拉·巴甫洛维奇皇帝知道包布罗夫把自己的薪俸都弄到哪儿去了，出于对他的尊敬，不想指出他穿得邋遢。

包布罗夫脖子上挂着一枚镶钻石的安娜勋章，他经常佩戴着它，至于这枚安娜勋章是挂在什么带子上，你们就别问了。带子也跟他制服领子的颜色一样，叫人根本无法辨认。

他完全不受干扰地独自管理着全校经济部门。彼尔斯基校长整天忙着管教学方面的工作，根本不插手经济事务，而且有像包布罗夫准将这样一位管家，也不需要他为这方面的事情操心。加上他们还是朋友，彼此之间极其信任。

无论是全体学生和全体仆役的伙食，还是他们的衣着，无一例外，样样都由包布罗夫经管。每年的开支达六十万卢布，他管了四十年总务，这就是说，由他经手的钱数总共有两千四百万之多，可是他并没有因为近水楼台，捞到过任何好处。恰恰相反，连规定发给他的三千卢布薪俸，他也从来没有拿到手，而只是在薪水单上签一个字。当这个富有的人管了四十年总务以后离开人世的时候，竟发现他身边连一分钱也没有，是用公家的钱为他举行的葬礼。

等到最后，我再来讲他把他的薪俸弄到哪儿去了，是什么样的嗜好耗尽了他的钱财。前面已经说过，对他的这种嗜好，似乎已故的尼古拉·巴甫洛维奇皇帝也是知道的。

十一

就生活习惯来讲，包布罗夫跟彼尔斯基一样，也是个足不出户的人。一连四十年，他当真是没有走出过校门，可是他经常走遍全校，总是在办他的公事，总是在张罗着，“好让骗子们吃饱，穿暖，干干净净”。这些骗子们就是我们——他这样称呼学生们。自然，他这个词是当作爱称，当作开玩笑的话来使用的。这个我们是懂得的。

他每天早上五点起床，六点到我们这儿来，那时候我们正在喝热蜜水。在这以后，我们到教室里去，他就去料理经济事务。随后，午饭和其他一切吃的东西，准是当着他的面发给我们。他喜欢“喂”我们，而且喂得好极了，喂得很饱很饱。我们现在的皇上，在他少年时代曾不止一次和我们一道坐在学生们的公共餐桌旁用餐，大概他还会记得我们的“老海狸”[①]吧。所有学校里都实行分菜的办法，可是包布罗夫当家的时候，我们这儿没有这种分菜，大家都是敞开肚皮，爱吃多少就吃多少。他总是让我们穿得很好，逼着我们一个星期换三次内衣。他很会疼人，甚至像个调皮的孩子，大概彼尔斯基和别人对此也多少知道一点儿，不过不是什么事情都知道，有些事情，因为他心肠好，安德烈·彼得罗维奇不能不做，不过也知道这是不合法的。于是他，一位准将，也像个小学生一样偷偷地瞒着这些事情。最多的是牵涉到受处罚的学生的事。这时他会觉得很不自在，尽力克制着，但内心里痛苦得要命，好像个茶炊，心里跟开了锅似的翻腾着，终于忍不住要想方设法去“安慰安慰那个骗子”。他设法把每个受处罚的学生叫到他那里去，皱起眉头，好像是要申斥一顿。可是非但不责备他，反而轻轻地抚摩抚摩他，给他点什么东西，一把推开他：

“去吧，骗子，往后可别再弄到这个地步了!”

他特别关心那些被逮捕关进特别禁闭室，只给面包和水的学生。杰米多夫当权时，设置了一些特别禁闭室，同学们不能给关禁闭的人送东西去。安德烈·彼得罗维奇总是会根据没人动用的餐具数目知道被捕的人

---

① 《第一武备中学校史》（1832年）中曾提到亚历山大·尼古拉耶维奇皇帝在少年时代驾临武备中学，在那里和学生一同进餐的事。（原注）

“包布罗夫”这个姓来源于“包布尔”（海狸）一词。

数，不过学生们这方面也绝不会放过特别提醒他一下的机会。有时从餐厅出来，走过他的身旁，就和着有节奏的脚步声，仿佛并无所指地说：

“五个被捕的，五个被捕的，五个被捕的。”

他要么只是瞪着眼睛站着，好像什么也没听到。要么，如果附近没有军官的话，就故意逗我们，也就是用同样的声调回答我们说：

“关我什么事，关我什么事，关我什么事。”

可是当把那些只给面包和水、被关禁闭的人从禁闭室带出来，送回连队去过夜的时候，安德烈·彼得罗维奇就在暗中等着这支队伍，从押送者的手里把他们夺过来，带到厨房里去，让他们饱餐一顿。整个这段时间里，走廊里都派有士兵把守着，不让任何人走近。

有时他亲自给他们往粥里放黄油，急急忙忙地把盘子摆到他们面前，一个劲儿地说：

“快点，骗子，快点吃!”

这时候大家往往都哭起来——不管是被捕的人，还是他，给他们东西吃的人，还是那些因他们好心肠的准许，参与这种勾当的哨兵们。

学生们喜欢他简直到了叫人讨厌的程度，以至于他当真是不能在我们空闲的时候露面。要是有时他不小心在这种时候来到操场上，那么立刻就会听到有人喊：

“安德烈·彼得罗维奇在操场上!”

再不需要多说什么了，大家都知道该怎么办——大家一拥而上，拉住他，把他抬起来，一直抬到他要去的地方。

这对他来说可并不轻松，因为他相当胖，几乎横竖一般长——他往往在我们手上动来动去，一面叫喊着：

“骗子们！你们会把我摔下来，会把我摔死的……这对我可不大好。”但这样说也没有用。

现在我来谈谈他的嗜好吧，就是由于这种嗜好，安德烈·彼得罗维奇几乎从来没有拿到过自己的薪俸，而仅仅是在薪水单上签一个字。

十二

我们中间有很多人都是穷人，当我们毕业出去时，也不过是去领取军官的微薄薪水。要知道，我们还都是些孩子，现在就连吃奶的孩子都知道哪里的待遇好，在什么职位上收入多，可我们根本就没有这些想法。我们分手的时候不是说我总会找个工作，安顿下来的，或者是我准会发财，而是说：

“留心看报吧——只要我们那个团投入战斗，第一个冲上去的就是我。”

大家都打算这样，有许多人的确是这么做了。都是些极端的理想家。安德烈·彼得罗维奇怜悯那些穷人和并非出身于名门贵族的人，他希望让他们每个人也都有一些在他看来认为是体面的东西。他送给所有的穷学生每人一份“嫁妆”——几把银勺和衬衣。每个毕业的准尉都会得到他赠送的三套换洗内衣，两把银汤匙和四把银茶匙，都是八十四开的银子。内衣给他们自己穿，银器是供“社交”用的。

“有同学来的时候，你就可以用它请人家喝汤了。来喝茶的可能有两三个人，所以，就可以……”

数目已经配好了——吃饭，请一个人也就可以了。喝茶嘛，可以四个同事在一道喝。一切，包括一些微不足道的小事，直到将来，在你这一生当中，事事都让你想到友谊，这不是非常美妙的事吗？

这个令人十分感动的人，自己也往往深受感动，感动得不得了。他能激起诗人的灵感，而且我已经说过，雷列耶夫曾经献给他一首颂诗，开头是：

啊，你，最可敬的管家包布罗夫！

总之，人们是真心诚意地爱他，可以说爱到了极点。而且无论是岁月的流逝，还是地位的改变，我们心中对他的这种爱都不会稍减。在他活着的时候，我们大家只要有机会到彼得堡，一定要到学校里去“见见安德烈·彼得罗维奇”——“老海狸”。有时会出现一些简直无法用语言表达的场面。往往是，他看到一个不认识的人佩戴着勋章，有时还有很高的军衔，于是客气而冷淡地问：“有何贵干？”随后，当来人说出自己的姓名以后，他立刻后退一步，用一只手抓抓额角，想要好好回想一下，同时却用另一只手推开客人。

“对不起，对不起，”他说，“对不起！”

要是来人不急于完全讲明自己是谁，他就含含糊糊地叨念着：

“我们这儿曾经有个……骗子……是不是我们这儿的呢？……”

“是你们的，是你们的，安德烈·彼得罗维奇！”客人回答，或者突然冲到主人面前，把他给的“祝福礼物”——银调羹拿给他看。

但这时整个场面突然变成了震撼人心的情景。包布罗夫跺着脚，大声叫喊：“走开，走开，骗子！”这么说着，他自己很快躲到桌子后面一张长沙发的角落里，用他那胖胖的拳头或者是一块蓝色手帕捂住眼睛，他不是在哭泣，而是放声大哭。哭声又响又尖，简直抑制不住，活像一个神经质的妇人，哭得他的五脏六腑和丰满、肥胖的胸部都在颤抖，哭得他满脸充血。

要劝止他是不可能的。因为曾经不止一次有过这种使他极端激动的会见，所以他的勤务兵知道这种情况，于是立刻用托盘端一杯水来，放在他的面前。除此以外，任何人也不再采取别的措施了。高兴的歇斯底里过去以后，老人自己喝一杯水，站起来，用已经没有力气的声音说：

“喂……现在亲亲我吧，骗子!”

于是，他们很久很久地互相亲吻，其中有很多人，当然啦，既没有任何屈辱的感觉，也没有一点儿故意讨好的意思。在吻他的手，他却已经只是怀着幸福的感情，一再重复说：

“想起老头子来了，骗子，想起来了。”他立刻让客人坐下，自己从橱里取出一个长颈玻璃瓶，并且派勤务兵到厨房里去拿饭菜。

对此，谁也不能拒绝。也有人推辞说：

“安德烈·彼得罗维奇!”他说，“有人请我，我已经答应要到某某那里，或者是某一位要人那里去了。”

说什么也不肯放他走。

“我什么也不想知道，”他说，“我在厨房里喂你的时候，要人们还不认识你哩。既然你来到了这儿，你就是我的，就得在旧槽里吃点草料。不吃，我就不放你走。”

当真是不放他走。

他从来也不长篇大论地教训人，他只不过是在我们面前活着。直到他工作了40年，因为身无长物，由公家出钱把他埋葬以后，他仍然在我们面前活着。

十 三

现在来谈谈我们武备中学修道院里的第三位常住僧侣——我们的校医杰连斯基。他也是个单身汉，也是个不出家门的人。他就住在医院里，住在最差的一间房间里，在这方面，他甚至超过了前面两位。无论是医士，还是仆役——无论是谁，永远也无法预先知道，他在什么时候会突然来到病人身边，他不分昼夜都待在这儿。无法计算他巡诊的次数，他总是待在病人身边。他一天要查几次病房，除此以外，有时还会突然在夜间出来。如果遇到患重病的学生，杰连斯基就根本不离开他了——他就在病人旁边的一张病床上休息。

就整洁而论，这位医生和彼尔斯基恰好相反，简直就是管家包布罗夫的亲兄弟。他穿一身难得洗干净的、往往是穿破了的常礼服，而且总是不扣扣子，他的衣领跟安德烈·彼得罗维奇的衣领一样，也看不出是什么颜色来。

他跟前面两位一样，无论是从肉体，还是从灵魂来看，都是我们的人。他从不离开学校。这似乎是不可思议的，但事实的确如此。不论出多少钱，也不能迫使他到外面去出诊。只有一个例外，只有这么一次，当康士坦丁·巴甫洛维奇亲王[①]从华沙来到彼得堡的时候，他违反了自己的规矩，私底下去看望一个宫廷女官。正碰上她心情十分悲痛：她的小儿子病

---

① 康士坦丁·巴甫洛维奇亲王是尼古拉一世的兄弟，波兰的总督。

得很厉害，而那时候京城里最好的医生都治不好他的病。她派人去请以儿科专家闻名的杰连斯基，对儿科疾病，不消说他的医术是很高明的，可是他的回答和通常一样：

“我这儿照看着一千三百个孩子，我要对他们的生命和健康负责，所以不能到外面去分散我的精力。”

他的拒绝使宫廷女官非常难过，她向亲王述说了这件事情，康士坦丁·巴甫洛维奇作为第一武备中学的名誉首长，于是命令杰连斯基到这个女官家里去治好她的孩子。

医生服从了——他去了，而且很快就治好了那个病孩，但拒不接受人家给他的报酬。

不管别人是不是赞成他这种做法，但我讲的是事实的全部。

十四

杰连斯基是一位出色的医生，而且就我现在所能理解的，他大概属于一种新的医学流派——他是一位卫生学家，只是在极其罕见的情况下才求助于药物。但一旦用药，他对药品和其他必需的医疗用材料要求却异常严格，而且非常坚决。只要是他指定的和要求的东西，那就一定要照办。不过也没有人反对过。关于饮食，那就更不用说了——自然是不管需要什么样的饭菜，包布罗夫绝不会拒绝。健康的“骗子们”，他都喜欢把他们喂饱，至于生病的，那就更没有话说了。不过我记得有这么一回事，杰连斯基医生给一个病人开了葡萄酒，而且在处方上加了几个字，指定要“英国商店价目表上的第几号商品”。

士兵把领物单送给总务主任，过了几分钟，安德烈·彼得罗维奇亲自来了：

“我的老兄，”他说，“您知道不知道，这个号码的葡萄酒卖多少钱一瓶？要知道，它卖十八个卢布哩。”

杰连斯基却回答说：

“这个，”他说，“我根本管不着，我只知道，孩子需要这种葡萄酒。”

“好吧，既然需要，那就没什么好讲的了。”包布罗夫回答。于是，马上拿出钱来，派人到英国店里去买那种葡萄酒。

顺便说说，我举出这件事来，是把它当作一个例子，说明为了我们的利益，他们彼此之间是多么和谐一致，我把这归之于他们相互间深深的信任，深信他们中间无论是谁，除了**我们的**幸福，再没有别的更宝贵的目的了。

杰连斯基照管的一千三百个人中有二百五十人是从四岁到八岁的小孩子，因此他非常细心地监视着，不让发生流行病和传染病。得了猩红热的人立即被隔离开，住在不透一丝亮光的暗室里进行治疗。后来人们嘲笑这套办法，但他认为这是件很严肃的事，而且总是采用这套办法。不知是不是由于这样做的关系，效果的确好极了。从来没有发生过害猩红热的孩子无法恢复健康的事。在这方面，杰连斯基多少有点儿逞能。他有句口头禅：

“要是孩子死于热病，就该吊医生的脖子。要是死于猩红热，那就该吊医生的脚。”

我们学校里小职员寥寥无几。这么大一所学校，办公室里的全体职员只不过是一个会计巴乌托夫—— 一个有非凡记忆力的人——和三名司书。就只有这么几个人，但该办的事总是都能办妥。可是杰连斯基的医院里却有一大批医士，而且无人对此提出异议。每一个重病人都单独派一名医士守着，就这样坐在他身边——照料他。如果被子掀掉了，就给他盖好，并且负责给他吃药。要离开那儿，不用说，他是连想也不敢想的。因为杰连斯基就在门外边，而且每一分钟都可能进来。而在那时候，照老规矩，二话不说，立刻就进行惩罚——给你一个嘴巴，然后叫你再坐回那儿。

十五

杰连斯基相信，而且经常说："主要目的不在于治病，而在于不容许生病，在于防病。"因此对仆役们要求非常严，对他关于卫生方面的命令，只要有一点儿没执行，他就要打嘴巴。大家都知道，对这样的命令，我们俄国人一向是当作毫无根据的古怪想法来对待的。杰连斯基知道这一点，因此他对待他们的原则，就是从克雷洛夫的寓言《猫和厨子》[①]中汲取的教训。不执行他的命令，或者不是准确无误地执行，那就二话不说，立刻一记耳光，扬长而去。

讲到这位爱动手的杰连斯基医生的习惯，我觉得有点儿遗憾，担心现在一些爱责备人的人会说：瞧，真是个好打架的家伙，或者说他是个杰尔日莫达[②]。但为了使回忆忠实而且完整，歌词是不能删节的。只是我要

① 《猫和厨子》讲的是厨子叫猫看守厨房，他回来时发现猫正在偷鸡吃。厨子向猫讲了一大篇道理，责备它不该偷吃东西，但猫自管吃它的。因此得出的教训是不能光讲空话。

② 杰尔日莫达是果戈理《钦差大臣》中的警察，后来被用来指粗暴的人。

说，他不是个杰尔日莫达，他甚至是个心肠很好的人，是一个极其公正、极其宽宏大量的人。不过，当然啦，他是他那个时代的人。而在他所处的那个时代，打耳光并不被认为是什么了不起的事情。那时候有另外的标准，对一个人的要求是，"不要让任何人成为不幸的人"，而所有的好人都遵循这一原则，其中也包括杰连斯基医生。

作为不容许生病的一项措施，在带学生们进入教室之前，杰连斯基要到所有教室里去巡视一遍，而每个教室里都有温度计。他要求教室里的温度不低于13℃，也不高于15℃。烧炉子的工人和看门人必须在场，如果温度不合规定，立刻会挨医生的耳光。当我们做功课的时候，他也要这样巡视各个连队，在那里又要发生同样的事情。

他很了解我们的伙食情况，因为他自己从来不吃别的饭菜——他总是要么和生病的学生们一道在医院里吃饭，要么和健康的学生们，不是在特设的餐桌上，而是在学生们的公用餐桌上一同进餐。而且不准给他另外摆一套特别挑选出来的餐具，而是随便坐到哪儿，就在那儿吃我们吃的同样的东西。

每次洗澡的时候，他都要到更衣室里去检查。除此以外，他还经常出其不意地进行检查——突然叫一个学生站住，让他脱光衣服，仔细检查他的全身，所有的内衣，甚至连脚指甲也要仔细看一看是不是剪过了。

真是罕见而十分有益的关怀。

不过现在，当我要结束关于他的故事时，我要讲一讲，什么是他——我所知道的这第三位孩子们的真正朋友——的乐事。

十六

杰连斯基医生的乐事，是在即将毕业就要去担任军官的学生们等待离校赴任的最高命令时，他从他们当中挑出五六个人来——都是他认识的、因为他们的才能受到他特别注意的、而且是他喜欢的学生。他把他们登记为病号，让他们住在医院里他的房子隔壁，给他们看许多优秀作者的著作，长时间地跟他们闲谈，谈话的内容是天南地北，三教九流，无所不包。

这当然有点儿滥用职权，不过如果能对事情做深入的了解，那么就会觉得，这种滥用职权是完全可以原谅的了。

只要回想一下，自从武备中学落到了杰米多夫手里，对这些学校搞了些什么名堂啊。前面已经说过，杰米多夫得到了对学生们“严加管束”的命令，而且看来他在执行的时候做得也太过火了。我所以这么想，是因为斯特罗冈诺夫伯爵和乌瓦罗夫伯爵[①]在同一时期里没有干过任何杰米多夫在武备中学里干的事情。对所谓“严加管束”，杰米多夫的理解是——停止教育。从前的任务是让学校能培养出一些学识渊博的毕业生，在以前那种制度下，根本用不着挑选，他们中间的每一个人都能派去担任任何职务，其中也包括外交工作。现在，从前的任务当然已经毫无地位了。恰恰相反，现在一切工作都是为了缩小我们智力的视野，千方百计贬低科学的意义。学校里有一个藏书丰富的图书馆和一座博物馆。现在命令把图书馆

① 斯特罗冈诺夫是当时莫斯科学区的督学，乌瓦罗夫是当时的人民教育大臣。

锁起来，不准带学生到博物馆去，而且要监视着，让任何人都不敢在休假时带回任何一本书来。如果发现，尽管禁止还是有人在休假时带书回来，哪怕是最无害的书籍。或者更糟糕的是，自己写了什么东西，那么为此就要受到严厉的体罚——鞭笞，而且在处罚规章里创造了别出心裁的递增法——如果发现学员写了散文（当然是内容温和的），那么就责打二十五鞭，如果犯了写诗的罪，那么处罚就要加倍。这是因为写诗的雷列耶夫是从我们学校里毕业出去的。我们那儿有一本普及的历史小册子，我不知道是什么人编写的，全书未必有二十页，封面上写着：“供战士和居民阅读”。从前上面的题词是：“供战士和公民阅读”——这是它那位有经验的编纂者写的——但有人认为这不合适，于是把原来的“公民”换成了“居民”。甚至连地球仪也吩咐拿走了，以免它让人产生什么不妥当的念头。从前在一面墙壁上用粗体字写着重要历史事件的日期，现在也被涂掉了……采用了这样一个原则，后来在指令中对此是这样表达的：“不能以任何欧洲学校作为我们学校的榜样——它们是‘形式划一的’[①]。”

十七

可以想象得到，在这样的教导下，我们能学到多少知识……而前面却是整整的一生。善良而学识渊博的人，我们的杰连斯基医生无疑就是一个这样的人，不可能不感觉到这是多么可怕，而且不能不关心。即使不是补

---

① 参看后来已经失效的，1848年12月24日《关于军事学校教育学员的指令》。（原注）

足我们在知识上骇人听闻的缺陷（因为这是不可能的），那么至少也要哪怕在某种程度上激发我们的求知欲，给我们的思想指明方向。

不错，这并不是要公立学校的医生操心的事。但他是个人，他爱我们，他希望我们好，希望我们幸福。可是一个完全不学无术的人有什么幸福可言呢？在学校里我们还可以马马虎虎对付过去，但在进入生活时还完全是一些名副其实的孩子。不错，我们有珍视名誉和良好的做人原则这样一些美好的素质，可是对一切都根本一无所知。在新的环境里，随便遇上一件意外的事，偶然碰到一个狡猾的人，都可能使我们迷失方向，把我们引入我们既不能理解，也不会做出正确判断的歧途。对此怎么能漠不关心呢？

所以，杰连斯基把我们带到医院里去，时而用阅读，时而用闲谈来给我们灌输一些必要的知识。

彼尔斯基是不是知道这件事呢，我不清楚。不过可能是知道的，只是他不喜欢了解那些他认为不应该知道的事。那个时候要求是严格的，但形式主义却要少一些。

我们在杰连斯基那儿读的，我再重复一遍，都是些最无害的，准许阅读的书籍。至于我们的谈话，我只记得一次，而且是因为谈话的内容好像奇闻逸事，因此才特别牢固地印进了我的脑子。不过据说，人最容易领会他所喜爱的笑话中的寓意，因此我在此再把它讲一遍。

杰连斯基说，应当把尽可能多的善良感情带进生活里。善良的感情能产生善良的心情，由善良的心情也必然会产生出善良的品行。因此不管碰到什么情况，不管遇到什么意外，一切行为也都会较为合理。什么都预见到，而且事先安排好，在什么地方该如何行事，这是不可能的。应该对一切都怀着善良的心情，详加分析，而且不能固执己见。譬如用药，一种药没有疗效，而且刺激病人，那么换别的药就是合理的了。他都是举医学上的例子，拿医学中的情况来做比照。他说，在他年轻的时候，曾经遇见过一个固执的主治医生。

他说，他来到病人那儿，问道：

“他害的是什么病？”

“是这样的，”杰连斯基回答：“全身器官都不起作用了，好像是miserere[①]。”

“Oleum ricini[②]用过了吗？”

“用过了。”

他又问了一样药：用过没有？

“用过了。”

“那么Oleum crotoni[③]呢？”

“用过了。”

“多少？”

“两滴。”

“给他二十滴！”

杰连斯基刚刚开口，想要提出反对意见，他就止住了他：

“二十滴！”

“是。”

---

① 拉丁文：遗憾，同情。这里的意思是，病人的情况没有希望了。（原注）

② 拉丁文：蓖麻油。（原注）

③ 拉丁文：巴豆油。（原注）

第二天，他问：

“那个miserere的病人怎么样了，给他吃过二十滴了吗？”

“给他吃过了。”

“啊，那他怎么样？”

“死了。”

“可是起作用了？”

“不错，是起作用了。”

“问题就在这里。”

这位主治医生满意了，因为照他的意见做了。于是，他满不在乎地挥笔签起文件来。至于病人死了，那根本不关他的事——只要起了作用，那就行了。

因为这一医学界的笑话能用来说明别的问题，所以我们喜欢它，而且觉得听懂了。至于我们中间有谁在决定是否选用作用猛烈、但有害的手段时，笑话在多大程度上阻止了他采取有害的固执态度，那我就不得而知了。

杰连斯基在武备中学里工作了三十年，身后只留下总共五十卢布的财产。

我们武备中学修道院里三个最主要的长老就是一些这样的人……